KB017151

한판 붙을 결심

한판 붙을 결심

박하령 소설

미래인

일러두기
이 책은 교정 규칙을 따랐으나, 소설 특유의 글맛을 살리고자 일부 비표준어를 사용했습니다.

차례

한판 붙을 결심

"웃겨! 완전 뒤집어씌워서 그 선배 골로 갔대! 개황당하지?"

"그걸 내버려뒀대?"

"전학 가면서 바로 토꼈나 봐."

"끝까지 따라가서 족치지."

"헐, 요새 전학이 뭔 대수?"

"그러게. SNS에 확 까 버리지. 나 같으면 지구 끝까지 따라가서 그냥……."

"와, 진짜 열받아. 그런 개념 상실은 콱!"

옆 테이블에서 떠드는 소리가 고스란히 내 쪽으로 넘어왔다. 여학생 서너 명이 어찌나 호들갑을 떨던지 정신이 나갈 지경이었다. 마침 머리를 뒤로 넘기다 이어폰이 빠지는 바람에 말소리가 여과 없이 내 귀에 콱 박혔다. 난 '야! 개념 상실은 니들이지!' 하고 속으로 구시렁거렸다. 다시 이어폰을 끼고 음악을 들으려는데 이번엔 내 오른쪽으로 쟁반을 든 아줌마가 뭐라고 물어서 다시 이어폰을 뺐다.

"여기 자리 없죠?"

"네."

아마도 이전 사람이 쟁반을 안 치우고 간 것 같았다. 그냥 앉으면 될 걸 소심한 아줌마는 여전히 망설이더니 날 쳐다보며 다시 말을 걸 기세였다. '아, 쫌! 제발 앉으세요.' 속으로 투덜대는 사이 왼쪽 칸막이 뒤편 아이들이 떠드는 소리가 다시 들려왔다. 여전히 신이 나서 누군가를 씹는 스토리를 내뱉었다.

"순화여중 전설이야."

'순화여중'이란 말에 내 신경이 곤두섰다. '뭐야? 쟤들 내 후배야?' 난 뒷이야기나 듣자는 마음으로 귀를 기울였다. 이야기가 궁금해서라기보다는 개매너 후배들에 대한 노파심이었다. 터미널에 있는 패스트푸드점이라 안 그래도 사람이 많은데 저렇게 개념 없이 떠들다니……. 여기서 볼륨이 더 커지면 한 소리 할까? 이런 마음도 들었다. 하지만 엄밀히 따지면 난 순화여중

2학년 때 전학을 간 터라 선배라며 잔소리할 처지는 아니었다.

"이뻤대?"

"샐샐대는 스타일? 왜, 입 떼기 전에 눈부터 쪼개는 애들 있잖아. 성격은 완전 좋았대. 목소리도 아나운서급이고 말도 잘하고. 근데 뒷북치는 완전 재수 없는 캐릭터."

"아! 불여우 재수탱이. 우리 반에도 그런 애 있음."

"그 재주로 이간질한 거네. 그래도 친구에다가 걔 남친까지 박살 내는 것도 모자라 남의 앞길까지 가로막다니."

"암튼 기획사에 뽑힌 것까지 파투 내는 건 넘 심했네."

"철천지원수도 아닐 텐데 왜 그랬대?"

"완전 공포물이야. 남의 집에 들어가 거기 있는 옷까지 입고 변장했다는 게 젤 무서워."

"그 선배는 충격에 온 가족이 섬으로 들어갔다는 썰도 있어."

"그 여우 이름 몰라?"

"뭐라더라. 무슨 화…… 뭐라던데……. 맞다! 지연화."

"이름부터 요물 같네."

그때 누군가 내 등을 쳤다. 화들짝 놀라 돌아보니 사촌 경서 언니였다.

"연화야, 뭐 해? 45분까지 앞으로 나오라니까?"

나도 모르게 엉겁결에 몸을 낮췄다. '뭐지?' 방금 애들이 말한 지연화가 바로 내 이름인데……. 그러니 놀랄 수밖에. 나는 경서 언니의 재촉으로 서둘러 가방에 짐을 챙겨 넣으면서도 내내 '대체, 쟤네 뭐라는 거야?' 하는 생각만 들었다. 그렇다고 다짜고짜 고개를 빼 들고 '방금 너희가 한 이야기가 뭔 소리야?'라며 따져 물을 수도 없었다. '너무 뜬금없잖아? 아니, 그래도 물어봐야 하는 거 아냐?' 마음은 우왕좌왕하는데 옆에서 성질 급한 경서 언니가 재촉했다.

"얼른 나가자. 밖에 할머니 기다리셔."

할머니를 만나 근처 백화점 꼭대기 층 식당가로 갔다. 근사한 한정식집이라 눈이 휘둥그레질 만한 메뉴가 연이어 나왔지만 나는 내내 먹는 둥 마는 둥 했다. 조금 전 패스트푸드점에서 들은 말이 계속 떠올랐기 때문이다. 안 그래도 젓가락질을 잘 못하는데 음식을 입으로 넣기가 더 어려웠다. 당면이 청바지에 붙고 뒤이어 당근도 엎질렀다. 덕분에 청바지가 알록달록해졌다.

"야! 너 칠칠맞지 못하게 뭐야! 다 흘렸잖아."

경서 언니가 면박을 줬다. 오늘 나는 일하시느라 바쁜 엄마 아빠를 대신해 할머니께 용돈을 전달하고 살가운 효도까지 하라는 특급 임무를 받았다. 하지만 아까 그 일이 신경 쓰여 할머니는 안중에도 없었다.

"아이고! 우리 연화는 날로 이뻐지네."

할머니가 웃으며 말하는데 입 주변이 푹 꺼져서 여차하면 틀니가 빠질 것처럼 아슬아슬해 보여 마음이 안 좋았다. 불과 몇 년 전만 해도 저렇지 않으셨는데. 그런데도 내 마음은 아까 걔네들 이야기만 자꾸 떠올랐다. 난 속으로 혼잣말을 했다.

'설마! 내 얘긴 아니겠지? 근데 지연화가 흔한 이름은 아니잖아. 게다가 순화중이라며? 그건 그렇고 내가 뭘 이간질을 해?'

머릿속은 복잡해서 정신없는데 경서 언니가 눈을 마주치며 물었다.

"너희 엄마 아버진 뭐가 그리 바빠서 한 번도 못 오신다니? 떼돈을 버나 보네."

잔뜩 꼬인 말투로 묻는 경서 언니의 질문에 얼른 그게 아니라고 답해야 하건만 그마저도 건성으로 말했다.

"어……."

"그럼, 이참에 할머니 모셔가지?"

"아니…… 그게 아니라……."

"뭐가 아니야? 돈만 있음 할 수 있는 일인데, 왜 못 해? 상경

할 때야 야반도주하느라 그랬다지만……."

　그랬다. 중학교 2학년 중간고사가 막 끝난 즈음, 한참 학교 생활이 실하게 무르익고 있을 때 느닷없이 전학을 가게 되었다. 아니, 전학을 당했다. 하루아침에 낯선 곳으로 좌표 이동을 한, 날벼락 같은 일이었다. 그 누구와도 '세이 굿바이'를 할 수 없었으므로 내 추억은 그야말로 가위로 '싹둑!' 끊어 놓은 필름처럼 돼 버렸다. 경서 언니 말대로 야반도주라 짝한테 빌린 추리닝 바지도 못 돌려줬고 옆 반 애가 빌려준 만화책도 못 줬다. 운동장 맨 가장자리에 있는 철봉의 끊어진 틈에 머리 고무줄이랑 머리핀 숨겨 놓은 것도 그대로 둔 채 왔다. 아, 맞다! 우리 반 반장한테 받아야 할 학급 운영비 거스름돈, 거금 이만 오천 원도 있었는데 그것도 못 받았다. 내가 이런 하소연을 하면 엄마는 내 말을 끊고 않는 소리를 했다.

　"야야! 난 빨랫줄에 널어놓은 옷도 못 걷었어. 더 말해 뭐 해!"

　그러면 더 이상 할 말이 없었다. 그때가 내 인생의 리즈 시절이었는지, 당시엔 나 좋다며 은근 밀당하던 남자애도 서넛이나 있었건만 하나도 엮어 보지 못하고 끝이 났다. 그리고 그즈음 한참 나은이와 승아 사이가 엄청 살벌하게 엉키고 있었는데 그

결말도 못 봤다. 물론 그건 좋았다. 둘 사이가 워낙 예민하게 얽히고설킨 터라 나까지 완전 복잡했는데 엉겁결에 손을 털게 되었으니. 차라리 홀가분할 정도였다.

어찌 되었든 다시 한번 말하지만 나에게 야반도주는 마른하늘의 날벼락 같은 일이었다. 십오 년 정도 쌓아 놓은 모든 것을 하루아침에 다 날렸으니까. 친구는 물론이고 초등학교 때부터 모은 스티커, 팬시용품, 자잘한 액세서리, 그해 여름에 산 원피스, 비싼 운동화 등등……. 다 통째로 두고 왔다. 남들은 '까짓! 허접한 것들'이랄 수 있겠지만, 그동안 나를 이루던 모든 것 가운데 나 하나만 딸랑 남은 기억은 엄청난 충격이었다. 내 필통 안주머니에 넣어 둔 나은이의 쪽지와 책상 서랍 안쪽에 숨겨 둔 초등학교 때 쓴 일기장과 두루마리 휴지 심에 끼워 둔 비상금 오만 원, 과학실 벽 구석의 낙서……. 나만 아는 것들이 새록새록 정겹게 혹은 아프게 떠올랐다. 물론 야반도주가 아니고 정상적인 이사였다면 모든 게 달랐으리라. 우리에겐 핸드폰이란 게 있으니 눈앞에서 사람이 없어져도 SNS로 다 이어 주었을 테니까. 나는 사라져 안 보여도 핸드폰 속에 내가 있고, 온라인으로 만나고 떠들고 그럴 수 있다. 아마 물건들도 어떻게든 회수 가능했으리라. 사실 내가 흔적 없이 사라져 버리는 일은 거의 불가능하다. 지금 우리가 사는 세상은 차라리 완벽하게 혼자이기가 더 어려우니까 말이다.

그런데 안타깝게도 우리는 이사가 아니라 도망이었다. 도망친다는 건 꼭꼭 잘 숨어야 하는 일이고 도주의 목적은 잡히지 않는 것이므로 완벽하게 숨어야 한다. 그게 목적에 부합하는 일이다. 그러니 숨은 자는 자신과 이어져 있는 모든 끈을 다 끊어야 한다. 가족들은 '꼭꼭 숨어라, 머리카락 보일라!' 이렇게 대놓고 외치진 않았지만, 폰도 꺼 놓고 인터넷도 접속하지 말라고 했다. 피시방도 절대 못 가게 했다. 걸리면 혼날 줄 알라고 주먹도 쥐어 보였다. 아빠 말로는 고교 동창에게 사기를 당하면서 모든 걸 뒤집어쓰는 바람에 잠시 피해 있는 것이라며 이름하여 '잠정적 도주'라고 했다. 이건 아빠 잘못이 아니고 억울한 누명이니까 그게 풀리면 다 괜찮아질 거라고. 컴퓨터를 아예 못 쓰게 하는 것 때문에 툴툴대는 내게 이번에는 엄마가 말했다.

"일시 정지니까, 그냥 전기가 나갔다고 생각해."

그 비유는 틀렸다. 전기가 나갔을 때보다 이 경우는 더 심하고 고약하다. 만일 전기가 나가도 플래시를 켜면 어둠 속에서 물도 마시고 화장실도 가고 핸드폰도 보고, 할 거 다 하니까. 오히려 공부는 마음 놓고 안 해도 되니까 더 좋다. 그러므로 전기가 나갔다는 비유보다는 그냥 '얼음땡 놀이'의 '얼음'인 상태라고 하는 게 맞겠다. 엄마는 오래가지 않을 거라고 했지만 생각보다 얼음인 상태는 길었다. 물론 전학 와서 새로운 환경에 적응하느라 얼음땡 중이라는 사실 자체를 아예 잊긴 했지만 말이다.

갈 데 없는 우리에게 한 친척분이 사택이 딸린 타이어 공장의 공장장 자리가 났다며 큰소리를 쳤다. '웬 떡이냐' 하고 온 가족이 부랴부랴 달려갔는데, 이미 한발 늦은 뒤였다. 누군가 그 자리를 꿰찬 것이다. 그 바람에 우린 허겁지겁 단칸방을 얻었고 졸지에 할머니는 경서 언니의 간호 대학 동기가 근무하는 청주의 요양원을 임시 거처로 삼으셨다. 그러고는 여태 그곳에 계신다. 엄마, 아빠는 두분 다 일을 하며 여전히 주말부부로 지내는 터라 할머니를 모실 형편이 안 된다.

이런 집안 사정 탓에 나 역시 아직도 학창 시절의 인연을 다시 잇지 못한 상태다. 여유가 없으니 과거를 향해 잠시 몸을 돌려 볼 새도 없었다. 다시 말해 그날의 일시 정지는 어떤 면에선 아직도 계속되고 있다고 할 수 있다. 할머니까지도 항상 경서 언니의 도움을 받아 오늘처럼 터미널에서 몰래 보다시피 하고 있으니까 말이다.

식사를 마치고 자리를 옮긴 카페에서 할머니와 슈크림빵을 나눠 먹으면서도 나는 내내 뜨악한 표정으로 있었다. 그런 나를 예의 주시하던 경서 언니는 할머니를 요양원 버스에 태워 드리자마자 다짜고짜 "뭔 일 있지?"라며 물었다. 나는 아니라고 둘러댔지만 경서 언니는 내 속이 다 보인다는 단호한 표정을 지었기에 전후 사정을 불 수밖에 없었다. 내 말에 경서 언니가 바로 답했다.

"에이~ 네 얘긴 아니다. 첫째, 넌 샐샐대는 여우짓은 안 하잖아? 말을 잘하는 편도 아니고. 또 목소리가 아나운서급이라고 하기엔……."

나한테 마음 쓰지 말라는 격려의 차원인지 아니면 '팩트 폭력'을 할 작정인지. 아무튼 경서 언니는 조목조목 짚었다. 하지만 나도 보기에 따라서 여우일 수도 있고, 목소리 좋단 소리나 말 잘한다는 소리도 듣는다. 솔직히 가끔 보는 경서 언니가 나에 대해 뭘 알까 싶었다. 사실 내가 언니 앞에서 언변을 드러낼 일도 없고 하물며 샐샐댈 일이 뭐가 있겠냐 말이다. 그건 경서 언니만이 아니다. 엄마, 아빠도 나를 다 안다고 할 수 없다. 가족이 보는 나는 나의 일부니까. 하긴 엄마도 나한테 말수가 적다는 표현을 종종한다. 하지만 집에서 떠들 일이 없어서 입을 꾹

닫고 있었을 뿐이다. 그러고 보면 우리는 서로에 대해 아는 게 많지 않다. 극히 일부만 알 뿐이다. 경서 언니의 말에 뚱한 표정을 짓고 있자, 이번엔 두 번째 손가락을 크게 꼽으며 말한다.

"둘째! 너, 이간질한 적 있어?"

"아니."

"그렇다면 뭐."

그러고는 손가락으로 물결 모양을 해 보였다. 쓸데없는 고민은 날려 보내란 뜻이다.

'그래, 동명이인이겠지.'

나는 이렇게 결론 냈다. 그게 편하니까.

대전에서 올라오는 버스에서는 알고리즘이 띄워 주는 영상을 닥치는 대로 보면서 아무 잡념 없이 왔다. 내가 좋아하는 아이돌 근황은 다 알게 된 것 같다. 덕분에 낮의 일은 잊은 듯했다.

집에 오자마자 자려고 누웠는데 느닷없이 기억의 한 조각이 그림처럼 떠올랐다. 바로 중학교 때 나은이와 승아네 집에 몰래 들어갔었던 일이다. 승아네 대문 문고리를 흔들어 보던 컷, 뒤이어 나은이와 키득거리면서 승아 옷을 입어 본 컷이 짧게 재생됐다. 왜 그 옷을 입었는지는 기억에 없다. 아무튼 그날 승아는 분명 없었다. 몰래 하는 일의 두근거림 같은 감정도 같이 떠올랐지만 키득거렸던 걸 보면 아주 나쁜 짓은 아니었던 것 같은데. 하지만 구체적인 사실은 기억나지 않았다. 다시 아까의 일이 마음에 걸리기 시작했다. 뭐라도 해야 할 것 같아 불을 켜고 일어나 책상 앞에 앉았는데 엄마가 귀신같이 반응했다.

"안 자니!"

엄마한테 한 소리 들을까 봐 하는 수 없이 이불 속으로 들어가 핸드폰을 켰다. 그러고는 검색창에 '순화중 전설'을 쳤다. 전설이란 어휘에 동반되는 이런저런 기사들이 나오고 검색 결과 더 보기를 눌러 가며 계속 뒤로 넘겼지만 눈에 띄는 건 없었다. 이번에는 지식검색으로 들어가 #이간질 #친구관계 #중학교친구를 타고 한참을 둘러보다 보니 새벽 두 시가 훌쩍 지나 있었다. 눈알이 뻐근해 오고 괜한 짓을 하고 있단 자괴감이 들어 핸드폰을 덮으려는데 '내공 많이 드려요'라며 애절하게 쓴 글이 눈에 들어왔다. '앞에선 친한 척하고 뒷북치는 친구 땜에 완전히 미칠 것 같아요'라고 호소하는 스토리인데 불현듯 중학교 때의 송나은이 생각났다.

'맞아, 송나은이 딱 그런 스타일이었는데……'

주변에 있는 애들을 공깃돌 갖고 놀듯이 자기 맘대로 쥐락펴

락하는 아이였다. 나도 나은이의 비위를 맞추느라 애를 썼던 기억이 올라온다. 구체적인 사실에 대한 기억보다는 힘들었던 느낌이 새삼스레 크게 다가와 목을 조이는 기분도 들어 당혹스러울 정도였다. 그렇게 기억을 더듬다 어느 순간 잠이 들었다. 발끝이 닿지 않는 수영장에서 허우적거리는 꿈을 꾼 탓인지 다음 날 아침에 일어나기가 힘들었다. 물론 모든 아침에는 언제나 그렇지만 유독 더.

학교 점심시간에 운동장을 바라보다가 갑자기 중학교 시절에 알았던 애를 어떻게든 수소문해야겠다는 결심이 섰다. 왜냐하면 어제 이후, 마치 누군가 기억의 문을 열어 놓은 것처럼 자꾸만 과거의 단상들이 하나둘씩 불쑥 떠올랐기 때문이다. 운동장 구석에 서 있던 승아의 모습, 나은이 특유의 싸한 표정 그리고 막막해하던 내 느낌까지. 짧지만 비교적 선명한 기억이었다. 하지만 무엇보다도 가장 큰 이유는 그 당시에 승아가 무슨 연예 기획사와 계약을 할 거라는 이야기가 오갔던 사실이다. 그렇다면 어제 아이들이 떠들던 이야기 속의 몇몇 에피소드와 겹친다. 우연의 일치라고 무시할 일은 아니란 생각이 들었다. 아니, 꼭 그게 아니더라도 새삼 승아와 나은이 소식이 궁금해졌다.

집에 오자마자 엄마가 욕실에 들어가 있는 사이에 몰래 엄마 핸드폰을 뒤졌다. 순화중 뒤편에서 분식점을 하던 정화 언니 엄마의 번호를 알아내기 위해서였다. 언젠가 엄마가 정화 언니 엄마랑 통화할 때 "애 아빠는 여태 소식 없어"라고 거짓 하소연을 하는 걸 들었다. 그 말인즉, 아빠가 누명을 완전히 벗은 게 아니란 뜻이었다. 얼마 전 아빠가 친구 부모님이 돌아가셔서 문상을 가겠다고 했을 때도 엄마는 펄펄 뛰었다. 한 다리 건너 다 아는 사람들 천지라며. 그러니 내 계획을 알면 엄마가 결사반대할 게 뻔했다. 엄마는 아직도 숨어 있길 바라겠지만, 내 생각은 이렇다. 우리 쪽에서 잘 숨은 채로 그쪽을 바라보기만 하는 건 아무 문제 없는 거 아닐까?

정화 언니 엄마에게는 그럴싸한 이유를 둘러대며 언니 번호를 알아냈다. 그러고는 엄마들에게 이 사실을 함구할 것을 부탁하고 동시에 언니 친구의 동생을 통해 이금주의 전화번호를 받았다.

이금주를 찾은 이유는 이러하다. 저번에 터미널로 가는 진입로에서 '금주네떡집'이 아직도 그대로 있는 걸 봤기 때문이기도 하지만, 그보다는 금주가 비교적 안전한 아이란 생각이 들어서다. 숨은 채로 그쪽 소식을 전해 듣기 좋은 아이랄까? 이금주는 다른 반이었지만 우리 반 강진희와 단짝이라 줄곧 우리 반에 와서 살다시피 했다. 둘은 같이 붙어 다녔지만 정작 말하는 걸 본 적이 거의 없을 정도로 조용한 아이들이라 '무음파'라는 별명도 붙었다. 하지만 금주는 의외의 면이 있었다. 하루는 금주네떡집에 가래떡을 뽑으러 갔는데, 금주가 우리 반 아이들의 이름과 특징을 조목조목 꿰고 있는 바람에 깜짝 놀랐다. 평소에는 행동이 굼뜨고 말도 없고 순하디순해서 주변에 관심이 없을 거라고 짐작했는데 반전이었다. 그리고 그날 내가 금주에게 우리 반 애들 뒷담화를 신나게 했는데 그 말이 하나도 안 퍼져서 얘가 진중하다는 생각도 있었기에 마음을 놓고 전화를 했다. 금주는 내 이름을 듣자마자 바로 아는 척을 했다.

"어? 지연화."

하이 톤으로 '어?' 하기에 처음에는 나를 반기는 줄 알았다. 그런데 그다음 말이 반전이었다.

"근데 왜?"

"아니……."

"왜 전화했냐고."

"아니……. 그냥."

"그냥? 그냥이 어딨어?"

순간 후회했다. 무턱대고 전화할 게 아니라 대사 좀 미리 생각해 볼걸.

"아니……. 중학교 때 애들이 잘 지내나 궁금해서."

"근데 왜 나야?"

금주를 택한 건 만만해서다. 순한 애니까.

"네 번호가 있더라구."

"뻥치시네!"

"아니…… 그게……."

"너한테 전번 준 기억 없는데? 너 나랑 친하지도 않았잖아."

'야! 뭘 그렇게 따지고 들어?'라고 소리치고 싶은 마음을 간신히 누르고 본론으로 들어갔다.

"됐고! 너 혹시 승아랑 나은이 소식 알아?"

"그걸 왜 나한테 물어? 네가 제일 잘 알 텐데."

"내가 갑자기 전학 가는 바람에 소식이 끊겼잖아."

"너……."

"뭐?"

"솔까, 토낀 거 아님?"

"뭔 소리? 토끼다니? 알아먹게 이야기해!"

계속 빈정대는 걸 못 참아서 소리쳤는데 금주 역시 지지 않고 핏대를 올렸다.

"지랄! 뭘 알아먹게 하란 거야? 네가 저지른 일은 네가 잘 알 겠지."

"내가 뭘 저질러? 너 꼽 주는 게 취미냐?"

"내 별명이 '꼼주'인 건 어떻게 알았대?"

"자랑이다."

그 뒤로도 한두 마디 서로 빈정거리다. 결국 금주가 전화를 끊었다. 가슴이 벌렁거려서 앉아 있을 수 없었다. 대체 금주같이 순한 애가 왜 나한테 다짜고짜 이렇게 적개심을 보이는 건지 도저히 이해할 수 없었다. 하긴 걔도 고등학생이 되면서 급변했을 수도 있겠지. 아님, 사춘기가 이제 왔나? 아무튼 가까이 살면 달려갔을 텐데……. 미치고 팔짝 뛸 노릇이었다. 잠시 후 이성을 찾고 호흡을 고른 뒤 금주에게 장문의 메시지를 보냈다. 미안하다로 시작해서 내가 왜 너에게 전화를 한 건지, 터미널에서 들은 이야기와 도무지 이해할 수 없는 너의 적개심이 뭔지에 대해 물으면서 나의 절박함을 이해해 달라는 글이었다. 그래서 띄어쓰기, 맞춤법까지 하나하나 체크해서 정성 들여 보냈다. 내 정성이 가닿은 걸까? 다행히 서너 시간 지나자 금주 역시 미안하다며 답장을 보내왔다. 하지만 그 뒤의 내용은 피가 거꾸로

설 만했다.

　순화중의 전설로 악명 높은 지연화는 동명이인이 아니라 바로 나였다. 그게 왜 나인지 허겁지겁 금주에게 따졌지만 소용 없는 일이었다. 이미 나로 널리 알려져 있었으니까. 백 년 전부터 서 있던 터미널 앞의 시계탑을 보고 왜 저기 서 있느냐고 따지는 것과 비슷한 일이다. 순화중의 전설대로라면 이승아는 친구의 시기와 질투를 한 몸에 받고 괴로운 나날을 보내던 중 누군가가 농간을 부려서 기획사에 거짓 제보를 하는 바람에 계약 파기까지 당했단다. 결국 주변의 비난을 못 견딘 이승아와 승아 엄마는 도망치듯 동네를 떠났다는 것이다. 그런데 바로 며칠 뒤 우리 아빠가 동네 사람들한테 사기를 친 게 들통나면서 온 가족이 야반도주하는 일이 벌어졌다. 그 과정에서 승아를 괴롭힌 주인공이 지연화임이 밝혀졌다고. 노래면 노래, 춤이면 춤, 거기에 미모까지 빼어난 이승아란 인재가 안타깝게 희생된 이야기가 순화중의 전설로 회자되는 이유는 이랬다. 학교 축제 때 이승아가 공연을 한 동영상이 유튜브에 올라 그 조회 수가 날로 높아지기 때문이란다. 영상을 돌려볼수록 승아의 재능이 그렇게 묻힌 게 안타까워서 사건은 시간이 지나면서 흐려지기보다 도드라진다고. 금주와 톡을 하면서 유튜브를 검색해 봤는데 정말 조회수가 어마어마한 승아의 영상이 있었다. 댓글에는 칭찬과 더불어 실명은 없지만 누군가를 비난하는 글이 콩밥 속의 콩처럼 박혀 있었다. 보고 있자니 식은땀이 나서 창문을 활짝 열어야 했다.

이승아가 노래와 춤에 실력이 있고 예쁜 것은 사실이지만 나머지는 아니다. 나는 금주에게 '내가 그런 거 아냐' '진짜 아니야' '정말 아니야' '내 목숨 걸고 맹세하는데 아니야'라고 톡을 우다다 날렸다. 절박한 마음에 전화도 했지만, 금주는 받지 않았다.

—통화 노노. 톡해.

하긴 정신 차려 보니 나도 통화는 불가능한 시간이었다. 어느새 자정이 넘었으니 목소리가 방문 밖으로 새 나가면 엄마한테 혼나기 때문이다. 다시 차분히 생각해 봤다. 난 누명을 쓴게 분명하다. 금주 말로는 나은이가 승아 일에 정말 마음 아파했다던데 그건 어불성설이다. 왜냐? 나은이가 승아를 괴롭힌다는 걸 난 알고 있었으니까. 송나은이 자기가 저지른 일들을 나로 둔갑시켜서 말을 퍼뜨린 거란 확신이 들었다. 걔라면 얼마든지 그럴 만하다. 눈 하나 깜짝 안 하고 천연덕스럽게 거짓말하는 걸 여러 번 봤으니까. 교무실 복사기에서 집어 온 A4용지 묶음을 자기가 사 온 거라며 반 애들한테 쓰라고 인심을 쓰던 일, 학교 앞에서 만난 혜담이 할머니에게 혜담이가 결석하지 않았다고 둘러댄 일, 한지율한테 고백했는데 답이 안 온다고 질질 짜고 있는 수빈이에게 한지율이 자기 학원 애랑 사귄다고 거짓말해서 포기하게 만든 일 등등이 기억난다. 나은이는 상황에 맞게 그럴싸한 말을 잘 만들어 냈다.

솔직히 그땐 그게 나쁜 일이라고 생각 못 했다. 나은이가 자신의 그런 행동은 남에게 해가 되지 않는 '하얀 거짓말'이라고 한 말은 일리가 있어 보였다. 예를 들면 이런 식이다. 교무실의 복사용지는 어차피 세금으로 산 거라 우리가 쓰는 건 당연한 거란다. 그리고 혜담이 할머니에게 괜한 걱정거리를 드리지 않는 게 더 나은 선택이니 둘러댄 게 합리적인 행동이었으며 또 수빈이가 지율이하고 안 될 사이라면 빨리 포기할 수 있게 도와준 게 뭐가 나쁘냐는 거다. 그러면서 하얀 거짓말이란 것도 큰 그림을 볼 줄 아는 사람만이 할 수 있는 능력치라고 했다. 실제로 머리 나쁜 애들은 전후좌우를 몰라서 못 한다며 으스댔는데 그땐 나은이 말이 다 맞는 것 같았다. 실제로 나은이는 여러모로 나보다 아는 것도 많고 유추하는 능력도 앞선 게 사실이었으니까. 하지만 남에게 하지 않은 걸 했다고 뒤집어씌운 건 명백한 잘못이다.

　팔다리부터 시작해 온몸이 떨려 왔다. 심장이 뛰고 입술까지 떨리면서 숨이 가빠질 만큼 두려웠다. 머릿속이 엉켜 아무 생각도 안 났다. 다만 지금으로선 오로지 금주에게 나의 결백을 고백하는 일밖에 없었다. 그래서 나를 믿어 달라는 말만 반복했다. 그러자 금주가 대꾸했다.

　—너, 정말 승아가 계약 파기 당한 사실조차 몰랐다고? 그러니까 네가 이사 가고 뒤이어 승아가 동네 뜬 바로 그 타이밍에 나은이가 너한테 다 뒤집어씌웠다는 거지?

　—짐작건대 그래. 나은이가 승아한테 꼬였다는 건 나도 알고 있었거든.

　—하긴…… 승아도 너도 없으니 이야기가 다르게 퍼져도 의심할 사람은 없었겠네. 그야말로 까마귀 날자 배 떨어진 격임!

　—나, 어떡해!

　금주가 내 말을 안 믿는 거 같진 않았지만, 어차피 나와 절친도 아니라서 더 이상 감정적으로 동요하진 않았다. 그저 빨리 톡을 나가고 싶어 하는 눈치인데 내가 자꾸 말을 거니까 이렇게 말했다.

—까마귀도 오~래 전에 날아갔고, 배도 떨어진 지 너~무 오
래라…….

말줄임표의 뒷말인즉, 이제 와 뭘 더 어쩌겠냐는 뜻이었다.
'오'와 '너' 뒤에 물결까지 붙여 놔서 완전히 나를 약 올리는 기
분이 들었다. 그리고 짜증 나게 이런 말도 했다.

—뭐, 경찰이 너 잡으러 다니는 것도 아니잖아?

그러니 그냥 덮어라, 이런 소리겠지. 하지만 아직도 온라인에
버젓이 악플이 달리고 또 순화중 전설 속에는 구체적으로 내 이
름까지 회자되고 있는데 가만있을 수 없는 일이었다.

—그래도…….

—무시해. 루머는 루머일 뿐.

금주가 너무 얄미웠다. 자기도 그 루머를 믿고 나에게 싸하게
대해 놓고선 어떻게 무시하라는 거야?

—그래, 넌 남의 일이라 이거지?

—남의 일 맞잖아.

내 말에 변명이라도 할 줄 알았건만 그조차도 안 했다. 완전
어이없었다.

—나쁜 계집애!

그렇게 금주와 톡을 끝냈다. 이 상황에 잠이 올 리 없었다.

막막했다. 뻔한 답이 나오겠지만 답답해서 지식검색에 들어갔다. 혹시나 하는 마음에. 그러고는 구체적인 사실은 빼고 '누명을 썼습니다'라며 적었다. 그러자 누군가 기다렸다는 듯이 바로 답을 달았다. 초기 대응이 중요하다고, 안 그러면 점점 더 늪에 빠지게 될 수도 있다고. 맞다! 어차피 초기는 놓쳤지만 지금이라도 대응해야 했다. 이 오점 같은 얼룩이 오래갈 수도 있고 잘못하면 나중에 맨홀이 되어 나를 잡아먹을 수도 있다. 만약에, 정말 만약에 내가 연예인처럼 유명해진다면 말이다. 문득 이 일 때문에 유명해질 마음조차 먹을 수 없을지도 모른다고 생각하니 무서워졌다. 연예인들 보면 과거 일로 발목이 잡히던데⋯⋯. 진지하게 전문가와 의논해야 하는 거 아닐까? 하지만 그럴 사람이 아무도 없다. 엄마부터 고개를 가로저을 게 뻔했다. "그깟 찌질한 애들이 뒷담화하는 걸 뭘 일일이 신경 써?" 내지는 "그딴 일에 신경 쓸 시간에 책이나 한 줄 더 읽어라." 이럴 거다. 엄마는 옛날 사람이라 SNS의 가공할 만한 위력을 모른다.

어쩌지? 이승아는 연락도 안 된다는데⋯⋯. 아니, 설사 승아를 찾는다 해도 개도 똑같은 피해자 입장이라 아무 의미 없을 것이다. 가해자의 이름을 정정하자는 일에 승아가 그러자고 할 리가 없다. 그러니 송나은을 찾아서 따져 물어야 한다. 하지만 송나은과 연락할 생각을 하니 망설여졌다. 두려웠다. 오롯이 난 피해자인데 대체 뭐가 문제지? 당장 찾아내서 악다구니를 치고 머리끄덩이라도 잡아야 하잖아? 머리로는 그게 맞는데 마음은 쉽게 움직이지 않았다. 나은이가 만만한 애가 아니라는 사실을 누구보다 잘 알기 때문이다. 표정 하나 흔들리지 않고 콩을 팥이라고 우길 수 있는 애다. 나은이의 기세에 눌려서 어영부영 개 입맛에 맞는 말을 할 수밖에 없었던 사건들이 기억났다. 까맣게 잊고 살았는데 새삼 그 일들이 도드라졌다. 하얀 쟁반에 올려진 잘 익은 딸기처럼.

1학년 때 우리 반에 임수권이라는 남자애가 있었다. 새 학기라 다들 교복이 새것인데 그 애는 한눈에 보기에도 너무 낡은 교복을 입고 있었다. 게다가 누군가 말을 시키면 약간 겁먹은 표정으로 눈을 치뜨면서 바라봐서 다들 무시하는 분위기였다. 나은이가 "임수권, 냄새 쩔지?"라고 말했을 때 솔직히 나는 냄새가 난다고 느끼진 못했다. 그렇다고 "안 나던데?"라고 대답할 수 없었다. 나은이의 확신에 찬 표정과 말투를 거스를 수 없었고 무엇보다 그 애와 친해져야 하므로 비위를 맞춰야 했다.

나은이의 매력에 끌렸다거나 호감이 있었던 건 아니다. 그냥 나은이와 친한 상태로 지내는 게 안전할 것 같단 생각이 본능적으로 들었다. 나은이를 부정하면 미움을 받을 수 있어서 그렇게 되고 싶지 않았다. 내게는 미움받을 용기가 없었으니까. 게다가 호감을 얻고 싶은 마음에 난 오버까지 했다. "맞아, 냄새 쩔어! 님 스컹크?"라고 하자 아이들이 일제히 깔깔댔다. 나은이는 나에게 재치 있다고 엄지손가락을 들며 추켜세웠다. 그 뒤로 다들 임수권을 '님스컹'이라고 불렀다. 솔직히 그땐 상처 입었을 수권이에게는 관심조차 없었다. 반 아이들과 잘 지내는 게 학생으로서의 능력치이고 미션을 수행한 것 같은 성취감만 남았다. 나만 수권이를 무시하는 게 아니니까. 죄책감이 안 들었다. 그리고 정말 수권이 교복에서 냄새날 것처럼 보였으니까.

하지만 승아에 관한 일은 두고두고 마음에 걸렸다. 이승아는 1학년 2학기 때 전학을 왔다. 눈에 띄게 이쁘게 생긴 승아가 반에 등장한 일은 학급 전체에 여파를 남겼다. 남자애들이 대놓고 소리 내서 술렁였고 여자애들도 앞다퉈 호감을 보였다. 난 솔직히 승아가 약간 거슬렸다. 뭐랄까? 그냥 타고난 외모 하나로 가산점을 받은 것 같아 부당하단 생각이 들었다고나 할까? 그렇다고 그런 내 생각을 드러낼 수 없으니 무관심으로 일관했다. 의외인 건 나은이었다. 승아를 향한 반 아이들의 술렁거림에 누구보다도 기분이 상했을 것 같았는데 오히려 승아에게 호의적으로 대했기 때문이다. 게다가 승아가 전학 온 그 주에 승아네 집에도 갔었단다. 길에서 우연히 마주쳤다는데 의도된 우연으로 보였다. 월요일이 되자 승아와 나은이는 이미 오래된 단짝처럼 보였다. 스스럼없이 둘이 팔짱을 끼고 복도에 서서 키득거리고 또 서로만 아는 눈짓을 보냈다. 게다가 승아의 머리카락을 귀 뒤로 넘겨 주는 나은이를 보고 있자니 내 가슴이 덜컥 내려앉았다. 불길한 예감에 사로잡혀 팔에 소름이 오소소 돋았다. 둘이 친해지면 나를 따돌리겠다는 상상이 뻔한 예상 문제처럼 떠올랐다. 결국 그날 점심에 먹은 급식이 체해서 조퇴까지 해야 했다.

그런데 다음 날, 나의 걱정은 완벽한 기우로 판명되었다. 3교시가 끝났을 때 나은이가 아주 밝은 목소리로 승아랑 셋이 역 근처 코인 노래방에 가자고 제안했다. 눈알 튀어나오게 반가운 초대였다. "우리 뭐 먹을까?" "스티커 사진도 찍을까?" 우리는 손을 잡고 다니면서 한나절을 정말 즐겁게 놀았다. 아! '우리'라는 표현이 어찌나 듣기 좋던지. 난 승아와 나은이랑 놀면서도 분에 넘치는 친구들을 가졌다는 우월감에 가슴이 약간 뻐근해지기도 했었다. 나은이의 독보적인 카리스마, 승아의 미모,

게다가 새로 알게 된 사실로 승아는 성적도 좋고(전학 오기 전에 전교 3등이었단다.) 성격도 좋은데 무엇보다 노래와 춤이 정말 웬만한 아이돌을 제칠 정도였다. 한마디로 '사기캐'랄까?

"뭐야 뭐야! 이승아, 너 혼자서 다 해 먹어라."

코노에서 우린 손바닥이 얼얼하도록 박수치며 승아를 환호했다. 다시 말하지만 승아는 노래방에서도 예쁜 얼굴에 청아한 목소리로 고음 처리까지 깔끔하게 넘기면서 춤까지 잘 췄다. 그런 승아를 보면서 열패감 같은 걸 느꼈던 기억이 난다.

'인생이 너무 불공평한 거 아냐?'

그런데다 화장실에 갔는데 거울 속 내 얼굴이 흑백에 평면 처리까지 돼 있는 것처럼 보여 고개를 들기가 싫을 정도였다. 하지만 상대적 빈곤감? 그런 말을 사회 시간에 배운 뒤라 다행히 그 감정은 잘 헤치웠다.

'이건 어디까지나 상대적인 거니까, 상대적인 건 일시적인 거니까.' 이렇게 뇌까리면서.

그렇게 우린 셋이 잘 어울렸다. 다른 애들이 부러워할 정도로. 하지만 나은이가 가끔씩 뱉는 말은 나를 혼란에 빠뜨렸다.

"난 승아가 정말 대단하다고 생각해. 나 같으면 그런 환경에서 그렇게 못 컸을 거 같은데……. 애가 반듯하고 성격도 완전 좋잖아? 난 승아가 존경스러워!"

　그러면서 전하는 뒷이야기들은 본인이라면 남에게 쉽게 털어놓기 힘든 말이었다. 승아는 태어나서부터 지금껏 아빠를 한 번도 본 적 없고, 미혼모였던 엄마가 혼자 생계를 꾸리기 힘들어서 투잡, 쓰리잡을 뛰었단다. 심지어 승아는 고시원에서 지낸 적도 있으며 그러다 무슨 일이 생겨서 급하게 이사를 왔다는데……. 분명 좋은 일은 아닌 것 같고. 암튼, 이승아 대단하지? 이런 식의 전개였다. 처음에는 우리 셋이 친하니까 순도 높은 우정을 위한 정보 공유 차원으로 나에게만 은밀히 해 주는 이야기인 줄 알았다. 그런데 그게 아니었다.

　"승아, 걔 가끔 폭발하더라구. 하긴 승아도 사람인데 어떻게 맨날 좋기만 하겠어? 난 이해해. 접때 걔가 자기 엄마한테 전화로 대드는데 완전, 깜놀! 욕하는데 입에 걸레 문 줄. 어른들이 가정 교육 운운하는 게 괜한 말은 아닌 거 같아. 그래도 뭐 솔직히 우린 화 안 내냐? 우리도 사람인데…… 어른만 화낼 자격 있냐고? 난 얼마든지 그럴 수 있다고 봐. 승아 백번 이해해. 근데 통화를 얼핏 듣기로는 승아가 전 남친이랑 뭔 일이 있었던 건지……. 엄마한테 한 소리 들을 정도로 둘이 선을 넘은 건가? 크크, 어디까지 간 거야? 암튼 난 승아같이 이쁜 모범생이 발끈

하는 거 보면 완전 매력적이더라? 난 진심 승아 팬!"

이런 식으로 나은이는 아이들이 있는 곳에서 아무렇지도 않게 정보를 흘렸다. 조용한 자습 시간에 앞뒤로 책에 얼굴 파묻은 애들이 서넛 이상은 있는데도 마치 나한테만 이야기하는 것처럼 말이다. 속삭이는 듯한 말투지만 볼륨은 누구에게나 들릴 정도로. 그리곤 이야기 끝에는 꼭 나에게 '입조심하라'는 동작도 취했다. 정말 헷갈렸다. 어디서부터 어디까지를 콕 집어서 옳다 그르다를 말할 수 없을 만큼 이야기를 잘 섞었다. 나은이를 비난할 수도, 또 승아를 향한 나은이의 진심을 의심할 수도 없을 정도였다.

그날도 체육 시간이 끝난 다음이었다. 강당 무대 뒤 창고에 배구공을 갖다 놓고 나오던 누군가 "아 시바! 담배 냄새!"라고 외쳤다. 그러자 안에서 공을 튀기던 애들이 "어디서?" 하고 묻자, 그 애가 창고 뒤쪽을 가리켰다. 바로 점심시간이라 아직 급식실로 가지 않은 아이들도 많고 농구대 앞에서 놀고 있는 다른 반 애들도 많았다. 나은이가 갑자기 큰소리로 내게 말했다.

"연화야, 이승아 저 뒤에 있지?"

아니다. 승아는 친구한테 빌린 체육복을 갖다준다고 먼저 교실로 갔다. 우리한테 급식실에서 만나자고 했는데? 내가 설명하려는데 나은이는 혼잣말 비슷하게 이야기했다.

"우리 이쁜 승아, 별거 별거 다 하네? 담배는 나쁜 건데……
쟨 잘하는 것도 많고 하여간에 할 수 있는 건 다 해."

걱정 같기도 하고 농담 같기도 한 알쏭달쏭한 말. 나는 의도가 있다고 짚어 낼 수도, 또 없다고 하기도 애매한 말을 하는 나은이가 무서웠다. 나은이는 오른쪽에서 보면 푸른빛, 왼쪽에서 보면 보랏빛, 얼핏 보면 노란빛을 내는 구슬처럼 도통 감이 안 잡혔다. 나는 늘 나은이 앞에서 어쩔 줄 몰라 쩔쩔맸다. 내 한 몸 챙기기에도 급급했다고나 할까? 거기다 나에게 의견을 묻거나 선택권을 주는 질문이 아니란 걸 모르는 바도 아니라서 나은이의 말에 반기를 드는 짓은 절대 안 했다. 그러다 보니 나은이가 원하는 대답을 했다. 나 자신의 줏대 없음에 괴로운 마음이 들기도 했지만, 까짓 줏대 한번 세우다 학교생활이 괴로워지면 어쩌나 싶어서 늘 '검은색 평화'를 택했다. 스크래치 북처럼 뾰족한 도구로 검은색을 긁어 보면 그 안에 오만 가지 색이 드러나는 그런 평화. 하지만 굳이 들추고 싶지 않았다.

그러다 교실 안에서 승아에 관한 안 좋은 말이 퍼지기 시작했다. 순간 뭔가 잘못되고 있고 그 안에 내 책임도 있단 걸 어렴

풋이 깨닫긴 했다. 하지만 나은이의 알쏭달쏭 화법 못지않게 내 몫의 책임도 알쏭달쏭했다. 내가 떠들고 다닌 적은 결코 없었으니까. 그래서 승아가 아이들이 자기 이야기로 쑤군댄다는 걸 알고 나한테 따지듯이 물었을 때, 난 당당하게 대답했다. "아니, 나 아닌데?" 진짜 아니니까. 맹세코 그 누구에게도 내 입으로 먼저 승아의 약점이나 치부 같은 걸 말한 적이 없었으니까.

"우리 집 얘긴 너희밖에 모른단 말이야."

승아가 눈물이 그렁그렁한 채로 내게 재차 물었을 때도 난 고개를 빳빳이 쳐들고 말할 수 있었다.

"목숨 걸고 말하는데 난 아냐."

승아의 긴 속눈썹 위로 눈물방울이 구슬처럼 아슬아슬하게 달린 걸 보며 '쳇! 앤 울어도 이쁘네' 하는 부적절한 시기심이 차오르기도 했다. 그래도 한편으론 안됐다는 마음이 들어 나은이한테 물어봤냐고 묻고 싶었지만, 차마 못 했다. 경험상 말은 한 번 돌면 왜곡되기 쉽다는 걸 알았으니까. 승아가 "연화가 너한테 물어보라던데?" 이렇게 나은이에게 물을 수도 있으니까. 그렇게 되면 난 바로 아웃이다. 아마 나은이는 길길이 날뛰며 나를 잡으려 들 게 뻔했다. 그러니 입을 다물 수밖에. 그건 승아도 마찬가지였을 거다. 나은이에게 물어보면 어떻게 나를 의심하냐면서 발끈할 거다. 왜냐? 반 아이들 다 알다시피 대외적으로 송나은은 이승아의 찐 팬이니까. 그러니 나도 승아도 그 누구도 나은이한테 물어볼 엄두를 못 냈다.

거기에 승아에 대한 해괴망측한 소문까지 퍼질 때였다.

"이승아, 그 소문 정말일까?"

이번에는 나은이가 나에게 물었다. 눈동자를 반짝이며 호기심을 드러내다 못해 입가에 번들거리는 웃음기까지 흘렸다. 나는 차마 나은이에게 "뭔 소리야? 승아가 원조교제할 애니?"라고는 못 했다. 그건 나은이가 바라는 대답이 아니니까. 나는 승아가 절대 그럴 리 없다는 확신이 오백 프로 있었지만, 나은이가 원하는 답을 했다. 다만 양심상 수위가 낮은 걸로.

"그러게. 설마 진짜일까?"

님스컹이라 불리게 된 수권이에 이어 계속 이런 식의 대답을 하는 나 자신에게 찔렸지만, 그런 생각은 꿀꺽 삼켰다.

'그러게. 왜 그런 소문이 돌았을까? 아니 땐 굴뚝에서 연기가 날 땐 이유가 있어서라는데…… 승아가 얌전한 고양잇과에 가까운 편이긴 하니까. 그리고 뭐~ 내가 승아에 대해 백 프로 다 아는 것도 아니고, 원래 이쁜 애들은 '이쁜 값'을 하느라 그런 소문에 휩쓸리기 쉬워 그럴지도 모르고. 솔까! 내가 아니라고

나설 증거도 없는데 뭘 어쩔? 내 일도 아닌데.'

뭐, 이런 식의 합리화로 마무리했다.

결국 승아는 소문 때문에 반 아이들은 물론 학교에서 묘하게 따돌림을 당했다. 예쁜 외모 덕에 승아는 전교생이 다 아는 아이였으니까. 그래도 안 좋은 시선을 보내는 아이들 사이에서도 승아가 잘 견딜 수 있었던 건 나와 나은이가 함께했기 때문이리라. 하지만 우리 셋 사이에서도 묘한 기운은 흐르고 있었다. 그건 대외적으로는 드러나지 않았지만, 우리 사이에서는 아주 분명했다. 그즈음부터 나은이는 승아를 대놓고 무시했다. 승아가 하는 말을 중간에 끊는다든가 냉기가 으스스 느껴지는 시선을 보낸다든가 내 이야기에만 반응한다든가 등등. 승아가 "나은아, 너 왜 그래?" 하고 물으면 나은이는 아주 명쾌하게 잘라 답했다.

"내가 뭘? 지연화, 너도 내가 이상해?"

난 중간에서 괴로웠다. 그래도 승아 편은 들 수 없었다. 그저 머릿속을 비우고 아무 판단도 하지 않은 채 어정쩡한 태도로 일관했다. 그런데도 승아가 나은이에게 끌려다닌 건 그나마 우리 둘마저 없으면 승아는 비바람 부는 허허벌판에 홀로 서 있는 격이었으므로 계속 비굴하게 우리에게 맞췄던 것 같다. 다른 선택이 없었으니까. 하지만 그 와중에도 나은이는 여전히 승아에 관한 이야기를 교묘하게 흘렸다.

"승아 생각하면 마음이 아파. 환경 탓이지 걔 잘못이기만 하겠어? 그렇다고 애를 따돌려서 고립시키냐. 애들이 정말 잔인해. 연화야, 그렇지 않니?"

난 나은이의 말에 한마디도 보태지 않고 그저 고개만 끄덕였지만 괴로웠다. 왜냐하면 나은이의 말은 승아에 관한 소문을 잠재우기는커녕 오히려 확인시켜 주는 증거로 들려서다. 그때 내 머릿속에 그림이 떠올랐다. 이승아가 서 있는 땅 옆으로 깊은 웅덩이를 파려 삽질하는 아이들의 모습이 그려졌는데 그 선봉에 서서 지휘하는 사람이 송나은인 것만 같았다. 물론 옆으로 어정쩡하게 서 있는 나도 있었다. 승아를 파묻는 삽질 행렬에 나도 동조하고 있다는 생각이 들면 자책감에 빠졌다. 그러다가도 정신 차려 보면 우리 셋은 같이 급식을 먹고, 하굣길에 누군가 승아 씹는 소리를 하면 나은이가 앞서서 눈을 부라렸다. 나 역시 승아가 내 등 뒤에 숨을 수 있게 편을 들어줬다. 그럴 때면 우린 승아를 고립시키려는 '삽질파'가 절대 아닌 것 같아 정말 애매모호했다.

그런데 아이러니하게도 지금 다시 생각해 보면 모든 게 나은이의 자작극이란 걸 내가 모르지 않았다는 거다.

'나는 그때도 알았으면서 왜 모른다고 생각했을까. 그리고 어째서 지금에서야 깨달았다고 하는 거지. 난 뭘까?'

이런 의문을 진지하게 생각해 봤다.

혹시 그땐 내가 어려서 몰랐는데 지금은 과거를 제대로 돌이켜 볼 줄 알게 되어 비로소 자신을 이해하게 된 건 아닐까? 갑자기 허겁지겁 전학 오고 집안도 뒤숭숭해 이 문제를 고민할 기회가 없었던 건 사실이니까 말이다. 그러니 내가 미처 '나를' 모르고 있었는지도. 이런 말도 안 되는 해석을 잠시 하다 나에게 솔직해지기로 했다. 사람은 누구나 자기 자신을 속일 줄 안다. 하지만 지금은 그런 타이밍이 아니다.

'그렇다! 난 다 알고 있었다. 다만 그땐 모른 척하고 싶었던 거고 지금은 알아야 하는 시점일 뿐이다. 왜? 이젠 내 일이 되었으니까. 바로 내가 순화중의 전설이란 누명을 썼으니까.'

이게 정답이다. 그리고 난 정답을 근거로 최대한 이성적인 판단을 해야 했다. 상대는 송나은이다. 나은이는 콩을 팥이라고 우길 능력이 되는 애고, 나는 콩이 팥이 아닌 줄 알면서도 아니라고 말 못 했다. 어쩌면 그랬기 때문에 지금의 내가 누명을 쓴 아이로 있는 걸지도 모르겠다. 지금이라도 과거의 나를 반성하고 바로잡지 않으면 안 된다. 그리고 이건 단순히 내가 뒤집어 쓰고 있는 누명을 벗는 일만이 아니다. 더불어 이참에 나의 줏대 없음도 고치게 될 것이다. 하얀 쟁반 위의 빨간 딸기처럼 도드라진 기억을 최대한 직시하고 거기서 교훈을 얻어 행동으로 옮겨야 한다고 마음속으로 오만 번 외쳤다.

그래서 결심했다. 한판 붙기로. 송나은이 무서워도 찾아서 따지고 한판 붙어야 한다. 금주 말대로 까마귀도 날아간 지 오래고 배도 떨어져 흔적조차 사라진 오래전 일이다. 거기다 이미 널리 퍼진 소문이라 한 명 한 명 붙잡고 나의 무고함을 설명할 수도 없다. 그러니 쉽게 누명이 벗겨지지 않으리란 건 자명한 사실이다. 그렇지만 뭐라도 해야 한다. 내 일이니까. 한 발짝부터 내딛자. 그게 두 발짝이 되고 세 발짝이 되고 그럴 테지. 한 발 없는 두 발은 존재하지 않는다. 중간에 나가떨어지더라도 말이다.

'한판 붙을 결심'을 하고 송나은을 찾아가기로 했다. 이후 금주가 반 아이들에게 수소문한 결과 그 당시에 나은이가 지연화의 짓이라고 격분하며 떠들었단 이야기를 전해 줬다. 이젠 심증

만이 아니니 가는 일만 남았다. 하지만 지방까지 내려가는 게 결코 쉬운 일은 아니었다. 주말에 시외버스를 타야 해서 교통비와 명분을 얻기 위한 약간의 거짓말이 필요했다. 친구를 만나러 간다고 하면 욕만 먹고 끝날 게 뻔하니 그럴싸한 구실을 만들어야 했다. 그래서 밤새 궁리 끝에 생각해 낸 게 고작 꿈이었다. "할머니가 꿈에 나와서 다리 끝에 서 계시는데 위험해 보였거든. 근데 꿈이라기에는 너무 생생해서······"라며 효도의 전령사 역할을 해 온 경력을 빌미로 할머니가 걱정되니 꼭 가 봐야겠다고 우겼다. 처음에 엄마는 애들 꿈은 개꿈이라고 무시하다가 내가 눈물까지 글썽이자 그러라고 했다. 덕분에 나는 편하게 버스를 타고 갈 수 있었다.

금주의 도움을 받아 송나은의 학원 스케줄까지 알아낸 뒤라 우리가 마주치는 일은 어렵지 않았다. 거두절미하고 학원 입구에서 나오는 나은이에게 아는 척을 했다.

"송나은!"

나은이는 잠시 멈칫하더니 바로 내 이름을 부르며 반색했다. 눈썹도 올리고 입꼬리도 바짝 올리는 특유의 표정을 지으며.

"어? 지연화, 너 웬일? 놀러 옴?"

머리 색깔을 노랗게 염색한 게 분명한 나은이는 얼핏 인상이 조금 부드러워 보였다. 키도 크고 다리도 늘씬해지고 콧날도 오똑해졌다. 다만 아이라인을 그려서 눈매를 한껏 추켜올려 놓았고 교복 치마 길이며 라인은 쫄쫄이처럼 붙어서 딱 봐도 불량스러웠다. 천하의 송나은이 그동안 갑자기 개과천선을 했을 리는 없을 테니까. 난 야무진 표정과 단호한 말투를 미리 준비했었지만, 일단은 작전상 천진난만한 표정부터 지어 보였다. 주변에 나은이보다 더 불량스러워 보이는 애들이 서넛 있어 일단 그 애들 먼저 퇴치해야 했으니까.

"와우! 나은아 반가워."

"너 서울 살지 않니?"

"아니. 경기도."

"거기가 거기지. 어딘 게 뭐가 중요해? 근데 나 찾아온 거?"

"너 여기 다닌다길래."

"콕 집어 날 보러?"

"집긴 뭘 집어? 할머니 뵈러 온 김에."

경계를 풀기 위해 난 배시시 푼수 같은 웃음을 한 번 더 흘렸다. 그리고 내친김에 팔짱까지 꼈다. 그렇게 나은이와 같이 있던 노는 애들을 보내고, 우린 패스트푸드점에 들어갔다. 거기서 서로의 안부를 묻고 나니 솔직히 더 할 말이 없었다.

"나은, 너 완전 이뻐짐. 특히 콧날 완전 짱!"

분위기를 띄우기 위한 접대용 멘트라는 걸 눈치챈 나은이 내 말에 싸한 표정을 지으며 동시에 팔다리를 꼬았는데 상당히 호전적으로 보였다.

"뭐, 할 말 있음? 뭔데?"

'하긴 송나은이 바보는 아니니까. 그리고 쟤도 날 보면 켕기는 게 있겠지? 안 그렇겠어? 사람이 양심이란 게 있을 텐데…….' 이런 생각으로 서두를 어떻게 꺼낼지 숨을 고르느라 빨대를 질겅이며 천천히 콜라를 들이켰다. 그때 송나은답게 먼저 선수를 쳤다.

"아참! 너 이승아하고 연락해?"

'얘, 뭐래?' 열받았지만 차분하게 응대했다.

"아니. 넌?"

"몰라. 근데 이승아 그때 기획사 들어갔으면 지금 완전 날렸을 텐데. 아까비…… 그치? 걔 노래, 몸매, 춤, 얼굴. 어느 것 하나 빠지는 게 없었는데 안 그러냐? 요즘 뜨는 아이돌 보면 승아보다 못한 애들이 널렸더라. 이승아, 완전 아까워."

송나은 여전하네! 상대를 추켜세우고 자기가 숨을 공간을 만

들어 놓는다. '난 이렇게 좋은 말만 하는 착한 사람이거든?' 이런 식으로 주위 사람에게 자신을 내세워 모두를 방심하게 만든 후 속닥속닥 음해하는 스타일. 하긴 자기가 설계한 집이니 어디에 숨어야 제일 안전한지를 누구보다 잘 알 테지. 내가 가만히 바라보고 있자 말을 더 잇는다.

"근데 이승아. 걘 왜 안 풀린 거지. 너 알아? 기획사 들어간다더니 대체 왜 안 간 거임. 너랑 친했는데 연락도 안 해? 뭔 일 있었음?"

마치 오래 준비했던 연극 대사를 하듯이 억양, 쉼표, 느낌표, 물음표까지 잘 구사하면서 말이다. 내가 승아에 관해 이야기할 걸 짚고 난 아는 바 없다고 미리 깔아 놓는 게 분명했다. 그뿐 아니라 내 쪽으로 공을 던질 작정으로 뭔 일 있었냐고 묻다니…… 흥! 내가 받을 줄 아니? 난 나은이 던진 공을 스매싱해서 되돌려줬다.

"어머머머! 승아, 그 기획사에 못 들어간 거구나. 이상하다. 그때 우리한테 계약서까지 다 썼다고 했었는데? 걔네 엄마가 알아보고 한 거랬잖아. 거기 큰 기획사 아닌가. 대체 무슨 일 있었던 거래? 걔가 관뒀을 리는 없고, 뭐지? 너 몰라?"

나 역시 호들갑스럽게 '아는 바 없음'을 강조 또 강조했다. 송나은이 주절거린 만큼은 한 것 같았다.

"몰라."

"왜?"

"모르는데 왜가 어딨냐?"

"아니, 나야 전학 가서 모르지만 넌 왜 몰라?"

"웃기지 마! 승아가 기획사 잘린 게 너 전학 간 뒤라고?"

"어머머머! 기획사 잘린 거야? 왜?"

그때 나는 여기 없었으니 완전히 모른다는 것을 최대한 강조했다. 기정사실을 만들기 위해 호들갑 떨면서. 그러자 나은이가 대놓고 질린 표정으로 다 마신 콜라 빨대를 바닥에 패대기쳤다.

"내가 먼저 모른다고 했는데 왜 자꾸 물어? 모른다니까! 너 귀먹었냐?"

송나은이 열받은 듯 벌건 얼굴로 씩씩거리고 있었지만, 그러거나 말거나 난 내 할 말을 천연덕스럽게 뱉었다.

"잘렸을 땐 분명 이유가 있었을 텐데⋯⋯. 그 소문 때문인가? 기억나지? 원조 교제 그딴 말 있었잖아."

내가 눈동자를 또랑또랑하게 굴리는 것과 달리 나은이는 시들한 표정을 지어 보였다. 선행 학습 다 끝난 애가 기초부터 읊조리는 걸 듣고 있자니 지겨울 수밖에.

"모른다고!"

"아니, 아니지. 그건 아니라고 판명 났잖아. 승아가 자기 외삼촌 차 탄 거 보고 누가 지어낸 말이라던데? 승아가 그때 억울한 일을 많이 당했지. 근데 또 누가 작정하고 뭔 짓을 했나 보네. 누굴까?"

"너 원맨쇼 하냐?"

"내 생각엔 이승아를 질투한 애의 짓일 게 뻔해."

"질투?"

"그렇잖아. 끼리끼리는 과학이라잖아?"

"그래서?"

"내가 알기론 끼리끼리 놀듯이, 질투도 끼리끼리 하게 되어 있거든. 공부 잘하는 애가 더 잘하는 애를 샘내고, 또 글 잘 쓰는 애가 더 잘 쓰는 애를 시샘하고 그러잖아? 그렇듯 승아처럼 연예인이 되고 싶은 애가 승아 재능이 거슬려 그딴 짓을 했겠지."

"됐고! 난 갈래."

나은이 급한 일이 있다는 듯 핸드폰을 들여다봤다. 내 말에 찔리니까 도망칠 궁리를 하는 중이겠지. 자기 이야기인 걸 모르지 않을 테니까.

내가 알기로는 송나은도 중학교 때부터 연예인이 되는 게 꿈인 애였다. 외모나 재능이 남들이 인정할 만한 정도가 아니라서 주변에 떠들어 대지 못했지만, 나한테는 여러 번 말했었다. 자기 정도면 얼굴도 괜찮고 노래도 조금 하고, 그리고 결정적으로 말도 잘하고 사교성 짱이라고. 게다가 관계 지능도 높아서 그쪽 세계에 가면 얼마든지 성공할 수 있을 거라고. 가수가 못 되면 예능 쪽으로라도 어필할 수 있다면서. 뭐, 어차피 공부는 그다지 적성에 안 맞는 것 같으니까. 그런데 그 말은 이승아가 등장하면서 쏙 들어갔다. 송나은은 비교 대상은커녕 그야말로 잽도 안 되었으니까. 굳이 비유한다면 포클레인 앞에서 삽질하는 격이라서 나은이는 승아가 처음부터 못마땅했으리라. 게다가 나은이는 누가 자기 앞에서 잘난 척하는 꼴을 제일 못 참는데, 하필 존재 자체가 '잘남 그 자체'인 전학생 이승아가 반짝거리고 있었으니 배가 아팠을 거다. 지금에서야 되짚어 추측해 보면 나은이가 승아에게 호의적인 척하면서 접근을 한 건 다분히 의도적이란 생각이 든다. 독거미가 거미줄을 치듯이 승아와 친하게 지내면서 아니, 친한 척하면서 승아의 비밀을 알아내고 뒤로 퍼트려 고립시키는 작전을 짠 게 틀림없었다.

내가 전학 가기 얼마 전 일이 떠올랐다. 그날 승아는 상기된 얼굴로 기획사에서 연락이 왔단 이야기를 수줍게 꺼냈었다. 그러자 나은이가 바로 면박을 줬다.

"아이고, 개나 소나 기획사 타령들은…… 가짜 널렸거든!"

하지만 그날따라 승아는 나은이에게 전혀 주눅 들지 않았다. 기획사에서 학교 축제 때의 승아 동영상을 보고 연락했다며, 이미 승아 엄마가 지인을 통해 기획사 검증도 끝내 조만간 계약한다고 또박또박 말했다. 자기의 진로와 관련된 일인 데다 그즈음 승아는 현실에 쫓기는 신세로 쥐구멍을 찾아 헤매던 중이라 어쩌면 기획사가 괜찮은 대안이 될 수도 있단 확신이 들었으리라.

"그래? 잘됐네."

난 그때 나은이의 당황한 얼굴을 봤다. 흔들리는 눈동자, 일그러진 입꼬리, 금방이라도 울음이 터질 듯이 실룩이는 볼살. 그러면서도 입으로는 축하한다고 했었다. 하지만 평상시 말과 표정이 다른 게 역력히 드러났다. 싫어도 좋은 척, 좋아도 싫은 척, 자기 필요한 대로 척하는 일에 능수능란한 나은이가 그땐 완전히 균형을 잃은 것 같았다. 승아와 헤어져서 집으로 가는 길에도 어찌나 풀이 죽어하던지 처음으로 짠한 마음이 들 정도였다. 나은이는 그날 처음으로 내게 진솔한 속마음을 적나라하게 드러냈다.

"샘나 미치겠어. 왜 개야? 돌아 버릴 거 같아."

그러면서 자기 교복 블라우스에 매달린 타이를 잡아 뜯었다. 나는 시기심에 몸부림치는 나은이를 말없이 토닥거려 줬다. 하지만 다음 날 내가 나은이에게 "괜찮아?"라고 물었더니 황당해하는 표정을 지으며 "뭐가?"라며 되물었다. 내가 "아니. 어제 승아 땜에 너 열받았잖아"라고 콕 집어 말하니 "아니!"라며 오히려 날 보며 머리가 이상한 거 아니냐는 듯이 손가락을 뱅뱅 돌렸다. 어이없었지만 '송나은답다'란 결론을 내고 대화를 접었다. 그렇다고 나은이가 승아에 대한 시기심을 비웠을 리 없었다. 언젠가 책에서 본 바로는 인간은 누구나 시기심을 가질 수 있는데 선한 시기심은 자기 성장의 동력이 되고 악한 시기심은 타인을 해친다고 했다. 나은이는 후자가 분명했다.

송나은은 지금이라도 후다닥 튀어 나갈 기세였다. 난 급한 마음에 본론을 꺼냈다.

"너잖아."

"뭐가?"

"연예인 하고 싶어서 몸부림치던 애가 너라고."

"내가?"

"네가 나한테 그랬거든. 승아가 샘나서 미치겠다고."

"내가 언제? 너 미친 거 아님?"

"이미 소문도 다 났던데?"

"뭐래?"

"네가 승아 옷 훔쳐 입고 이상한 사진 찍어 기획사 보냈다고."

"나 아니거든, 너 맛이 간 거임?"

"너라고 소문났던데? 동영상 댓글도 달렸어. 순화중 전설 어쩌고저쩌고."

황당함과 당황을 동시에 표정에 담은 나은이가 잠시 머뭇거리다 말했다.

"그거 나 아닌데……."

"아닌 걸 어떻게 알아?"

"아니니까. 나도 봤어. 그 댓글들. 지연화 너잖아. 초성이 딱 너던데?"

"아니야. 넌 자신이 한 짓이니까 아는 거지. 승아를 괴롭힌 것도, 그 일을 나로 둔갑시킨 것도 다 너잖아."

나의 팩트 폭력 앞에서 눈동자가 흔들리던 나은이는 이제 모든 걸 포기했다는 듯한 썩소를 지었다.

"아! 그래서 따지러 온 거야? 뭐, 경찰에라도 넘기게? 근데 내가 그랬단 증거 있냐?"

증거는 없다. 과거 속으로 들어가서 채증해 올 수도 없는 일이니까. 그야말로 과거와 함께 사라져 버렸으니까. 유일한 증거는 나은이 자신뿐이었다.

"증거? 있지."

"어디? 뭐? 뻥치시네."

"네 머릿속에 있잖아."

나은이는 순간 멈칫하다가 "우하하" 하고 웃었다.

"더 중요한 건 송나은 네가 한 사실은 절대 없어지지 않아."

이번에는 더 크게 웃었다.

"완전 웃겨! 푸하하 지연화, 놀고 있네. 너희 동네서 놀지 뭐하러 돈 들여 버스 타고 여기까지 와서 논다니? 푸하하하."

나에게는 증거가 없다. 그러니 나은이는 절대 인정하지도 변하지도 않을 거다. 아니, 설사 증거가 시퍼렇게 남아 그에 따른 처벌을 받는다고 해도 어쩌면 나은이는 여전할지도 모른다. 하물며 증거가 네 머릿속에 있단 이야기나 하는 마당에 말해 뭐하겠는가. 그 생각을 하면 정말 김빠지는 일이다. 울고 싶을 만

큼. 게다가 여기까지 와서 억울한 누명도 벗지 못하고 나은이의
머리끄덩이를 잡은 것도 아닌데. 고작 이런 소리나 하나 싶어
후회스러울 정도다.

사실 송나은을 만나기 위해 버스를 탈 때만 해도 난 누명 벗
을 계획을 세우며 마음이 들뜨기도 했다. 정 안 된다면 분풀이
와 욕이라도 해야지 하고 다짐했었다. 아니면 녹음을 해서 증
거를 남겨 뒀다가 SNS에 올릴까? 금주한테 애들 모아 달라고
하고 그 애들한테 같이 가자고 해 볼까? 머릿속에 생각이 가득
했다. 하지만 시외버스를 타고 가는 내내 경서 언니에게 억울함
을 호소하고 언니의 이야기를 들으면서 생각이 바뀌었다.

경서 언니는 그 애를 만나서 따지고 진의를 밝히는 건 의미가
없는 일은 아니지만, 굳이 보복을 할 필요는 없다고 했다.

"너도 알다시피 오래전 일이라 아무것도 손에 잡히는 게 없잖
아? 그리고 네가 뭔가를 한다고 그 애가 가만히 있을 것도 아
닌 것 같네. 더 이상 엮이지 않는 게 낫겠는데? 진흙탕 싸움이
될 거야."

"더러우니 무조건 피하라는 거야?"

예전에는 무서워서 혹은 비겁해서 피했는데 이제는 싸워 봐

야 진흙탕이 될 것 같아 또다시 피해야 한다니. 이렇게 계속 피해 다니면 송나은 같은 애는 더 활개를 치는 게 아닐까? 그리고 승아와 나 같은 피해자는 점점 많아질 테고. 그게 과연 옳은 일일까? 경서 언니의 말이 맞는지 계속 의구심이 남았다.

"어떤 식으로든 본때를 보여 줘야 하는 거 아냐?"

"네가 가서 그 애의 실체를 알고 있다는 걸 말하는 것까지면 될 것 같아. 그 이상은 할 게 없어."

그러면서 경서 언니는 도덕경이란 책에 있는 말을 전했다. '누군가 너에게 해악을 끼치거든 앙갚음을 하지 말고 가만히 있으면 그가 망하는 걸 보게 될 거다.'

"다시 말해서 안 좋은 일을 하는 사람은 마치 썩은 열매와 같아서 네가 따지 않아도 결국 썩어서 땅에 떨어진다는 거지."

"에이, 언니! 그거 너무 무책임한 결론 아니야?"

처음에는 펄쩍 뛰었다. 아무것도 못 하거나 혹은 할 수 없거나 아니면 하고 싶지 않은 사람이 마치 우화 속 여우처럼 멀쩡한 포도를 신 포도라고 합리화하는 것과 같지 않냐면서.

이제 와서 생각해 보니 경서 언니 말이 맞는 것 같았다. 하긴 썩은 열매가 제대로 된 결실을 맺을 리는 없을 테니까. 뿌린 대로 거둔다, 인과응보, 자업자득, 사필귀정, 자승자박 이런 사자

성어들을 속으로 외우며 마음을 삭였다. 그리고 내가 할 수 있는 일과 할 수 없는 일을 잘 구별하는 게 지혜라고 했으니 나의 몫을 판단해야 한다는 생각이 들었다.

"암튼, 송나은 여기까지! 네 말대로 그만 놀고 갈게."

나은이는 여전히 내 앞에서 실소를 퍼붓고 있었지만, 난 가방을 들고 일어섰다. 마음이 홀가분한 것도 아니고 분한 게 풀린 것도 아니어서 무력감이 내 머리채를 잡고 있는 기분이 여전했지만, 더 이상 할 게 없었다. 마침 집으로 가는 5시 반 시외버스를 타야 하니까 이젠 가야지 하면서 가방을 멨다. 마지막으로 나은이에게 '착하게 살아라' 하고 한마디 날릴까 속으로 생각했지만, 무슨 의미가 있을까 싶어서 삼켰다. '그딴 말이 쟤한테 먹히겠어?' 하는 회의감에.

그런데 오히려 나은이 쪽에서 문을 밀고 나가려는 내게 소리쳤다. 그것도 큰 소리로. 정말 궁금하다는 표정까지 지어 보이면서 나름 진지하게 물었다.

"근데 말이야. 지연화! 왜 너는 아니라고 생각해?"

"뭐?"

"왜 네가 순화중의 전설이 아니라는 거야?"

끝까지 열받게 하는 송나은에게 진심으로 화가 났다. 나도 모르게 말이 거칠게 나왔다. 그러지 말아야지 하고 결심하고 왔는데. 썩은 열매와 차별화되기 위해서라도 막말은 삼가야지 하면서 자제했는데 순간 참을성이 바닥났다.

"미친년! 뭔 개소리야?"

"넌 마치 아무 죄가 없는 것처럼 그러는 게 난 정말 이상해."

송나은의 얼굴에 내가 정말 이상하다는 표정이 생생하게 살아 있었다. 나를 낚기 위해 하는 거짓말이 아니라 진짜로 이상하다는 표정을 지어서 이번엔 내가 더 궁금해졌다. 난 자리로 돌아가 나은이 앞에 다시 앉았다.

"지연화, 잘 생각해 봐. 넌 아니야?"

"야! 너잖아."

"너도 그랬거든?"

"뭔 소리야?"

"너도 맨날 내 편 들었잖아. 내가 승아를 쫄 때 너 말린 적 있었니? 내가 '아!' 하면 넌 '어!' 했잖아. 우린 티키타카가 맞는 한 편이었거든. 안 그래? 그러니까 너도 승아를 괴롭힌 애 맞아. 아닌 척하지 마."

'엥? 이게 무슨 소리지?'

한판 붙을 결심

순간 혼란스러웠다. 머리를 세게 한 대 맞은 기분이었다.

"그거야……."

"그리고 지연화! 결정적으로 말이야. 승아네 집에 몰래 들어가서 초록색 후드 티 훔쳐 나온 애가 누구야? 너 아님?"

'헉!' 나은이가 망을 보고 내가 옷을 꺼내 오긴 했다. 그걸 입어 보고 키득대고 그랬던 기억이 있으니까.

"야! 그건 장난으로 한 거잖아."

정말 변명 같지만 왜 승아 옷을 꺼내 오자고 한 건지, 그게 전혀 기억이 안 났다. 선택적 기억 상실일까? 난 그냥 장난을 치는 거라고만 생각했던 걸까? 그만큼 나는 나은이가 하자는 대로 생각 없이 행동했었다는 자책이 새삼 뼈저리게 느껴졌다.

"잠깐, 그럼 승아 초록색 후드 티로 네가 사진을 찍어서 기획사에 보낸 거야?"

"뭐야? 몰랐어? 와우! 정말 몰랐다는 듯이 이야기하네."

"난 진짜 몰랐어. 나는 이사 가고 난 다음이잖아."

"옷은 엄연히 이사 가기 전에 네가 훔친 거잖아."

"그거야 난 실수로."

"좋아! 난 고의고 넌 실수. 의도는 다르지만 결과는 같아."

"난 몰랐잖아. 고의랑 실수랑 같냐?"

"과실치상죄란 거 몰라? 실수도 책임져야 한다고. 산불 내면 잡혀가는 거잖아. 그러면서 '난 몰랐어요 순진해서' 이러려고? 근데 어쩌냐? 너 무지도 죄야. 알아? 그리고 솔직히 진짜 몰랐을까? 모르고 싶었던 거 아냐? 너 내가 승아 담배 피운다고 뻥 쳤을 때도 걔 아닌 거 알고도 가만히 있더라? 왜 그랬어?"

"그거야……."

할 말이 없었다. 네 비위 맞추느라 그랬다고 할까? 차마 입 밖으로 그 말은 못 하겠다. 굳이 합리화를 하자면 그땐 그럴 수밖에 없었던 것 같다. 『벌거벗은 임금님』 동화책에서 '임금님이 벌거벗었어요!'라고 소리치지 못한 백성들의 심정을 이해할 것 같았다. 동화 속에서 사실을 말하는 애들이야 뒷수습에 대해 아는 게 없어서 보이는 대로, 느끼는 대로 거침없이 말할 수 있지만, 어른은 그렇게 쉽게 못 하는 거 맞잖아? 그러니 어느 정도는 이해받아야 하는 거 아닌가? 나도 나은이한테 당하기 싫고 등교가 무섭지 않기 위해서 그런 건데……. 난 여전히 합리화를 하느라 분주하게 내 마음속을 들락거렸다. 그 합리화가 모여 엄청난 결과를 빚었다는 걸 이렇게 겪으면서도 말이다.

"지연화, 네가 비록 앞장은 안 섰지만 너도 나랑 크게 다르지는 않아. 내가 승아 꼽 주고 놀릴 때 너도 같이한 거지, 아무것도 안 한 건 아니야. 방관했잖아? 그러니까 너만 아니라는 생각은 하지 마. 그거 오버야."

나은이의 이야기를 듣는데 경종을 울리는 소리가 나는 것 같았다. 어디선가 진짜로 '댕~' 하고 말이다. 혹은 '띠로리' 하는 안데스산맥에서 흘러나오는 팬 플루트 소리 같기도 하고. 미처 깨닫지 못했던 나의 잘못이 날카롭고 아프게 다가왔다. 맞다. 나도 뭔가를 했다. 그런 의미에서 내가 버스를 타기 전 상상했던 그림은 틀렸다. 승아를 파묻기 위한 아이들의 소소한 삽질과 앞장서는 송나은. 나는 그저 옆에 어정쩡하게 서 있었다고만 생각했는데, 그게 아니었다. 오히려 나은이를 거들고 있었다. 비중이 적지 않은 조연이었을지도 모르겠다. 나은이를 위해 우산도 받쳐 주고 물도 갖다주고 진두지휘하는 지팡이를 들어 주기도 했을 테고. 그래 놓고 '나는 승아를 공격한 적 없었어!'라며 변명했었다. 난 과연 비난에서 벗어날 수 있을까?

허겁지겁 쫓기듯이 시외버스에 올랐다. 시간이 촉박해서가 아니라 뭔가 엄청난 사실을 등에 업은 뒤라 당황한 마음 때문이었으리라. 평일 오후 버스는 텅텅 비어 있었다. 버스처럼 내 마음도 빈 기분이 들었다. 누군가에게 한 대 세게 맞고 마음마저

다 털린 것 같달까? 그 누군가가 송나은이라고는 말 못 하겠다. 그냥 사실을 깨닫지 못하고 살던 내가 빵점짜리 성적표를 뒤늦게 받았다고 말하는 게 더 맞을지도. '너, 무지도 죄야!'라고 하던 나은이의 목소리가 귀에 들리는 듯했다.

어른이 되어서도 순수한 건 좋은 거지만 마냥 순진한 건 사회화가 덜된 거라 어리석은 무지와 같다던데. 난 좀 더 생각해 봐야 할 것 같다. 나에 대해서. 내가 아는 게 전부라고는 생각하지 않았지만 잘못 아는 게 너무 많은 것도 같다.

버스는 부지런히 달리고, 차창 밖은 서서히 어둠이 밀려오고 있었다. 고속도로 주변의 가로등이 하나둘씩 켜지고 그걸 보고 있자니 내 마음도 스산해졌다. 울컥하는 기분도 들고 뭐라 표현할 수 없이 감정이 복잡했다. 마치 엉클어진 서랍 속 같았다.

창밖 어둠이 짙어지면서 차창에 내 얼굴이 비쳐 왔다. 한판 붙을 결심으로 출정식을 하듯이 씩씩거리며 나온 내가 지금은 영락없이 패잔병처럼 보였다. 송나은과 헤어질 때 마지막에 무슨 말을 했는지 기억조차 안 났다.

다시 생각해 보니 싸워야 할 사람이 하나 더 있었다. 아무래도 차창에 보이는 저 인물과 한판 더 붙을 결심을 해야 할 것 같다. 어쩌면 진심으로 마음을 다해 싸워야 할 상대는 바로 나 자신일지도 모른다. 붙어서 싸워 보고 깨닫고 고치고 성장하며 그렇게 강철이 단련되듯이 나를 담금질하는 싸움을 할 때가 온 것이다.

난 또다시 결심한다. 한판 붙을 결심을!
이번엔 제대로 붙어 볼 작정이다.

N분의 1을 위하여

문제는 돈이다. 돈이 없으니까 할 수 있는 게 아무것도 없다. 따라서 생활은 아주 단순해졌다. 그냥 집에 갇혀 있는 일밖에 할 게 없으니까. 입속에 넣을 군것질거리도 없어 입마저 심심하다. 물론 핸드폰 속엔 눈요기할 것들이 오색찬란하게 널려 있다. 하지만 그걸 보고 있으면 마음까지 더 헛헛해진다. SNS에 올라온 사진들이 내게는 다 돈 자랑처럼 여겨져 아니꼬운 마음에 진작부터 보지 않았다. 창밖으로 부산스럽게 지나다니는 오토바이 소리마저도 다 음식 배달인 것만 같아 괜히 야속해진다.

방바닥에 누운 채로 눈동자만 돌려 벽시계를 보니 3시 48분이다. 머리를 감고 대충 차려입고 전철 환승 시간만 요령껏 줄이면 지금이라도 얼마든지 늦지 않게 도착할 수 있다. 하기야 모여 노는 일인데 조금 늦은들 어떠랴. 다음 동창 모임에 꼭 나오라고 내게 신신당부하던 석균이의 정겨운 눈빛이 떠오른다. 쌍꺼풀도 없이 그린 듯이 큰 그 애의 눈이 보기 좋았다. 그 생각을 하면 마음이 몽글몽글해진다. 뭔지 모를 알갱이가 그리움처럼 쌓여 마음이 약간 아파지기까지 한다. 물론 석균이를 상대로 그리움 운운할 일은 아직 아니다. 초등학교 때 회장으로 단상 위에 올라가 있던 그 애를 먼발치서 본 뒤로 최근에 겨우 한 번 본 사이니까. 나는 그저 석균이를 포함해 초등학교 시절 아이들을 만나 마구잡이로 떠들어 대던 시간이 마냥 좋았다. 어릴 적에 알고 지냈다는 이유만으로 마음에 빗장이 열려 쉽게 무장 해제되는 기분이 드는 게 신기할 정도였다. 그래서 정말 가고 싶은데 모임에 갈 수 없는 이 상황이 힘들고 또 그래서 그리움도 통증으로 와닿는 것이리라.

문제는 역시 돈이다. 내겐 회비가 없다. 그 자리에서 먹는 밥값 술값만 N분의 1을 하면 일이만 원이면 될걸, 규식이가 굳이 오만 원씩 걷어서 나머지는 공금으로 모아 두자는 고약한 아이디어를 내는 바람에 참가비 단위가 커진 것이다. 나름 의도는 좋았다. 그래야 본전 생각이 나서 참여 의식이 투철해진다며.

이제 막 시작하는 동창 모임이니 초기 멤버들이 기반을 쌓는 의도도 있다고 했다. 발상은 좋다. 하지만 문제는 지금 내겐 돈이 없다는 것이다. 오만 원은커녕, 예전에 기경이가 대신 내준 오만 원까지 합치면 당장 십만 원이 있어야 하는데. 내게는 너무 큰 액수다. 언니한테 보낸 SOS 카톡은 아예 확인조차 되지 않았다. 숫자 1이 지워졌다 한들 큰 기대를 한 건 아니지만 말이다. 지난번에도 언니는 그랬다.

"뭐, 꿔 달라고? 회수 불가인 게 뻔한데 뭘 꿔 달라고 해. 차라리 그냥 내놓으라고 협박을 하지? 근데 어쩌냐. 난 삥 뜯길 돈은 없어. 삥 뜯기기엔 내 돈이 너무 애절해."

저 말은 회수가 가능하면 꿔 줄 의향은 있다는 소리다. 문제는 나한테 있다. 갚을 능력이 없다는 것. 언니는 출근 준비로 새벽 화장을 할 때면 이불 속에서 눈을 껌뻑거리는 거울 속 나를 향해 팔을 휘두르며 외치고는 했다. 벌어야 쓴다! 언니가 산 로션이 확확 줄어드는 게 짜증도 나겠지만 그보다는 언니로서 백수 동생이 애처로워 답답한 마음 반, 비난하는 마음 반을 섞은 구호다. 하지만 백수인 게 오롯이 내 책임만은 아니라고 생각한다. 왜? 나도 노력했으니까. 나 자신만 자책하고 있을 일은 아니란 소리다.

나도 벌려고. 말 그대로 자생하려는 의지로 내 친구들이 다 가는 일반고 말고 특성화고로 갔었다. 애들한테는 '우리 사회 학력 버블의 문제점'을 거창하게 떠들어 대고 '꿈을 위한 최단 거리'를 찾아가는 거라고 큰소리쳤다. 실제로 난 남들과 다른 선택을 한 것에 자부심이 있었다. 아니, 자부심이라도 있어야 견딜 것 같아서 어디서나 당당하자며 자신에게 주문을 걸었다. 솔직히 나도 내 친구들처럼 특별한 고민 없이 대다수가 우르르 몰려가는 길로 가고 싶었다. 그게 가능한 상황이면 그랬겠지만, 집마다 상황이 다 다르니까 그럴 수 없었다. 엄마 없이 혼자서 힘들게 두 딸을 키운 아빠에게 대학까지 보내 달라며 떼 쓸 배포가 없었다. 더욱이 혼자 지방에서 정화조 영업을 하시던 아빠가 건설 경기 침체로 이젠 끝이 보인다고 하소연하시는데 대학 이야기는 입도 뗄 상황이 아니었다. 나보다 훨씬 공부를 잘했던 언니도 순순히 특성화 학교인 조리고를 나와 한식 조리사로 일하면서 삶을 통째로 껴안고 있는데 공부에 취미도 없는 내가 할 말은 더더욱 아닌 것 같았다.

　그래서 생각을 고쳐먹었다. 입속까지 들어와 있는 현실이라 어차피 뱉어 낼 수도 없는데 기왕이면 맛깔나게, 그럴싸하게 삼켜야겠다고. '피할 수 없으면 즐겨라'라는 말을 머리에 담고, 일

부러 찾아보지 않아도 뉴스에 나오는 대졸 실업자들의 숫자를 또렷이 외우면서 미용 관련 아티스트가 되겠다는 꿈을 야무지게 다졌다. 대학에서 이과 계열을 공부하다가 적성에 안 맞아 관두고 뒤늦게 헤어 디자이너가 되기 위해 캐나다로 유학하러 갔다는 친구 사촌 언니 이야기를 듣고 속으로 코웃음을 치기도 했다. '아니, 뭐 하러 그렇게 돌고 돌아?' 고등학교 3년에, 대학에서 2년 이상 그리고 유학 가서 쓰는 그 많은 시간과 돈을 투자해서 가는 그 길을 나는 최단 거리로, 그것도 최소 비용으로 꿈을 이루겠다는 것이다. 그게 더 합리적인 일이라고, 오백 배는 남는 장사라고 생각했다. 그리고 대학 문턱에 발을 넣기 위해 새벽 등교부터 깊은 밤까지 학업에 시달리는 친구들을 보면서, 또 그 애들이 푸는 어마어마한 문제집의 내용을 훑어보면서 어쩌면 내가 약삭빠른 선택을 한 건지도 모른다는 회심의 미소도 지었다. 마치 뒷걸음질을 치다 엉겁결에 쥐를 잡은 소처럼, 현실 때문에 부득이하게 갈 수밖에 없는 길이나 최후의 승자가 된 나를 상상하며 스스로를 북돋웠다.

하지만 고3이 되면서 이상한 조짐이 보였다. 우리 학교는 보통 8월이나 10월이면 하나둘씩 취업을 나가기 시작해서 교실이 텅 비어야 하는데, 12월이 되도록 다들 교실에 옹기종기 모여 있었다. 장기 불황으로 실습을 받겠다는 작업장이 대폭 줄었기 때문이다. 그러다 보니 불안한 마음에 관심도 없는 대학과 전공을 골라 닥치는 대로 원서를 쓰는 애들이 늘어났다. 그런 애들은 그나마 집에 경제적 여유가 있는 경우고, 나머지는 서로를 '예실아' 하고 부르며 자조적인 농담으로 시간을 견뎠다. 예실이는 예비실업자의 준말이다.

당황스러웠다. 시간에 떠밀리듯이 졸업을 하면서 학교 취업 상담실에 상황을 이야기해 봤지만 뾰족한 대안은 없었다. 헤어디자이너라는 명함이라도 가지려면 프랜차이즈 헤어숍에서 2년 정도는 스태프 과정을 밟아야 하는데 문이 좁아 쉽지 않았다. 난 그렇게 정해진 수순처럼 실업자가 되었다. 아이들은 입시나 취업 또는 창업에 관한 컨설팅을 해 준다는 전문 미용 학원으로 가는 예가 많았는데, 그건 당장 학원비가 들 뿐만 아니라 희망을 유예해 주는 중간 기착지에 불과한 것 같아 난 회의적이었다. 아이돌 머리나 만져 볼까 하고 미용과 왔다가 박 터지는 동네라며 관두고 바리스타 준비 중인 학교 친구 유란이도 대놓고 반대를 했다.

"학원비가 한두 푼도 아닌데 괜히 학원 장사만 시켜 주는 뻘짓은 하지 마!"

그럼에도 불구하고 그 길을 통해 알음알음 취직을 하거나 실습생으로 가는 애들을 볼 때면 불안하기도 하고 부럽기도 해 이래저래 고민이 되었다. 게다가 최저 시급의 알바라도 감지덕지하며 일하고 있을 때 대학에 다니는 동창 애가 받는다는 과외 시급을 들을 때면 난 언니가 평상시 자주 하던 말이 틀렸다는 생각이 들었다. '벌어야 쓴다'가 아니라 '써야 벌 수 있다'가 맞다. 일단 먼저 써야 한다. 마치 펌프질할 때 붓는 마중물처럼 말이다. 어릴 적에 외할머니 집 마당에 펌프가 있었다. 손잡이를 잡고 펌프질을 하면 주둥이에서 찌꺽찌꺽 소리가 나다가 땅속에 물을 길어 올려서는 '쏴' 하고 시원하게 뱉었다. 그때 펌프질을 하기 전에 반드시 한 바가지 정도 붓는 물을 마중물이라고 했다. 벌기 위해 하는 최소한의 투자 같은 마중물. 그것처럼 써야 벌 수도 있고 그래야 비로소 온전한 밥벌이를 할 수 있다는 생각에 이르렀다. 그래서 주말에 아빠가 오셨을 때 저녁 식사 중에 내겐 투자가 필요하다고 마중물 이야기를 비유로 들며 심혈을 기울여 설득했다. 하지만 아빠는 초점을 획 돌렸다. 외할머니 집을 외삼촌 혼자 꿀꺽한 건 정말 양심 없는 일이라며. "죽고 없는 딸은 딸이 아니냐?" 하면서 핏대를 올려 그다음 이야기는 할 수 없었다. 내 표현력이 부족한 줄 알았는데 언니가 설거지를 하면서 "더 이상의 투자는 무리야, 오죽하면 아빠가 말을 돌리겠냐?"라고 하는 걸 보니 그건 아닌 것 같았다. 아무튼 이렇게 난 돈을 벌기 위해 나름 애썼다. 다만 현실이 협조를 안 할 뿐, 그러니 내 잘못만은 아니다.

"에휴! 너도 청춘인데 갑갑하것다. 톡으로 돈 보낼게."

톡을 본 언니한테 전화가 왔다. 머뭇거리다 내 상황을 기대치 없이 하소연했는데 웬일로 선뜻 돈을 보내왔다. 말 서두에 땅이 내리 꺼지게 내쉬던 '에휴!' 소리에 짜증은 났지만 참았다. 얼마가 필요하냐길래 오만 원이라고 답했다. 그 이상의 액수는 무리이기도 하고 꾼 돈 이야기까지 했다가는 '야 야! 가지 마!'라고 할 게 뻔했다. '돈까지 꿔 가면서 놀 게 뭐가 있어?' 이럴 테니까. 나 역시 이러면서 가야 하나? 회의가 들긴 했다. 하지만 노는 게 아니라 사회생활이라고 속으로 합리화했다.

초등 동창들은 색다른 길로 가는 애들이 많았다. 대학을 다니는 애들부터 고등학교만 졸업하고 인디 밴드를 하거나 타투 디자이너를 하는 애도 있고 일찍이 고등학교를 중퇴하고 창업을 한 애도 있었다. 이렇듯 각기 다른 애들을 만나 보는 것도 인생 공부가 될 거라는 그럴싸한 명분이 나를 동창 모임으로 이끌었다. 폰에 들어온 돈 오만 원에 힘입어 난 잰 동작으로 욕실로 들어가 머리를 적셨다. 온수가 나오기 전의 찬물을 손바닥으로 찰방거리며 혼잣말을 했다.

"그래, 이 만남도 마중물의 일종이지. 또, 알아? 괜찮은 알바 자리라도 소개받게 될지?"

누군가 인간관계도 재산이라고 했던 게 기억이 났다.

전철역으로 뛰면서 나머지 오만 원 때문에 머릿속이 약간 분주했지만, 사실 내겐 이미 계획이 있었다. 언니에게 오만 원이라고 입을 떼는 그 순간에 머릿속에 떠올랐다. 이번에 기경이가 안 올 수도 있고, 설사 왔다 해도 깜빡했다면서 주말에 용돈을 받아서 주면 되니까. 먼젓번에 계좌를 달라니까 쿨하게 "다음에 줘" 하던 그 애의 모습이 위로가 된다. 어찌 되었건 오늘 치 회비를 내는 것만으로도 빈손으로 덜렁 나타나는 철면피는 아닌 게 되니까 그걸로 족하다. 일단 '오늘은 오늘의 불만 끄는 거야' 하면서. 그러면서 기경이가 오늘 나오지 않기를 빌고 또 빌었다.

하지만 허름한 주점 분위기의 퓨전 이자카야 룸으로 들어섰을 때 내 눈에 제일 먼저 띈 건 이기경이었다. 그런지룩 차림에 커트 머리로 지난번과는 완전 달라 보였는데도 내 눈엔 확 들어왔다. 나는 본능적으로 기경이가 앉은 반대편으로 몸을 틀었건만 그 애는 굳이 손까지 쳐들고 나를 불렀다.

"서주희, 여기 빈자리 있어."

자리에 앉으려는데 맞은편에 앉은 동민이가 내 기분을 띄웠다. 방바닥에 뒹굴며 괴로워했던 하루 치의 우울을 싹 날려 버릴 만한 말이었다.

"와우! 헤어 디자이너라더니…… 주희, 역시 힙해!"

나는 무심한듯 티셔츠에 청바지만 입었지만 머리에는 힘을 줬다. 언밸런스로 드라이를 해서 느낌을 살렸는데 동민이의 반응을 보니 성공적이었나 보다. 역시 유튜브를 보고 여러 번 가발에 실습을 한 보람이 있었다. 그러자 뒤이어 혜연이가 배경지식을 알려주듯 말했다.

"주희가 초등학교 때 인기 있었잖아. 5학년 때 우리 반 반장 나승범이 주희 엄청 따라다녔는데…… 쟤가 어찌나 도도하게 굴던지. 참! 승범이 페북 보니까 미국에서 명문대 다니더라?"

그 순간 알았다. 내가 왜 이 모임에 그토록 오고 싶었는지를. 에너지 충전이 필요했던 거다. 이곳에 오면 내 인생의 가장 화려했던 시간으로 복귀하는 기분이 들었다. 초등학교 때는 부족한 게 없었다. 그땐 공부도 잘했고, 엄마도 있었다. 그리고 혜연이 말대로 인기도 최고 절정이었으니까. 그때 기경이가 말을 보탰다.

"그래, 주희 얘가 초딩 때 다른 애들보다 사춘기가 빨리 왔잖아? 음…… 쫌 튀었지!"

아닌 게 아니라 난 다른 여자애들보다 성장 속도가 빨라서 유난히 잘록한 허리에 늘씬한 다리를 가졌었다. 안락한 유년의 뜰 안에서 미래가 마냥 밝고 환할 거라고 턱없이 믿었던 그 시절로 되돌아간 듯한 기분은 정말 달콤했다. 아이들은 너나 할 것 없이 기억 속 이야기를 소환해 냈고 그러다 보니 학창 시절의 관계대로 자연스럽게 배열되곤 했다. 지금이야 어떻든 그때의 회장을 '회장'이라 부르고 말썽꾸러기 기철을 '땡깡이'라 부르고 나도 '주희짱'이란 별명으로 불렸다. 듣기만 해도 마음 한 구석이 간지러워질 정도로 좋았다. 현재 따위야 아무 상관없었다. 아니, 현재조차도 과거의 영광에 가려 재편집되었고 덕분에 난 잠시나마 아이들 앞에서 군림할 수 있었다. 무리 중에서 우월한 느낌이 드는 것, 그건 충분히 매혹적이었다.

얘기 끝에 누군가 내게 왜 대학을 안 갔느냐고 물었을 때도 난 주눅 들지 않았다. 바로 거침없이 내 직업관을 이야기할 수 있었다. 주희짱이니까.

"되고 싶은 게 분명해서 굳이 대학을 갈 필요가 없었달까? 돌아가는 건 사회 경제적 비용의 낭비니까."

그러자 여기저기서 남자애들이 내 말에 동조했다.

"하긴 요새 가방끈이 길어서 오히려 취직 못 하는 경우도 많으니까."

"학자금 대출 그것도 문제야. 쓸데도 없는 졸업장 따는 데 마구잡이로 빚내 줘서 결국 고학력 빚쟁이만 배출하잖아?"

"그니까 고졸 일자리를 나라에서 제도적으로 딱 세팅해 주고 월급도 보장하고, 대학은 필요한 애들만 가게 해야지."

내 편을 들 작정들을 해서가 아니라 그냥 일반적인 의견이었건만 굳이 기경이가 나서서 말을 비틀었다.

"야! 니들 뭐 헌정사라도 바치냐? 괜히 학력 버블이겠어? 학력에 따른 임금 격차가 크니까 너 나 할 것 없이 가는 거잖아. 덜 투자했으니 조금 버는 건 당연한 거 아냐? 만약 그렇게 안 되면 그거야말로 진짜 불평등 아니니? 박 터지게 공부한 애들이랑 안 하고 논 애들이랑 똑같음 뭐가 돼? 안 그래? 너네는 왜 기를 써서 대학 갔냐?"

기경이의 다그치는 듯한 말에 다들 '그거야 뭐' 하는 표정만

우물쭈물 지어 대다 자연스럽게 다른 화제로 넘어갔다.

난 불편했다. '박 터지게 공부한 애들'의 반대편에 내가 있다는 전제로 마치 해야 할 시기에 뭔가를 하지 않고 놀기만 한 걸로 매도당하는 게 억울했다. 난 다른 길을 간 거지 아무것도 안 한 건 아닌데 말이다. 그리고 또 '헌정사'란 표현도 거슬려 기경에게 한껏 마음의 날을 세웠지만, 그 날을 휘두를 기회도 없었거니와 엄두도 못 냈다. 아이들은 이상하리만큼 기경이에게 호의적이었고 심지어 몇몇 여자애들은 굽실대는 것처럼 보였다. 기경의 말 끝자락에 펭귄 박수를 쳐 대는 그 묘한 기류의 원인이 뭘까 짚어 봤더니 그건 바로 기경이의 카리스마 넘치는 언변 때문이었다.

물론 이기경이 명문대를 다닌다는 점도 한몫하는 게 분명했다. 대부분의 아이가 잡담으로 일관하는 것과 달리 기경이는 사회 문제를 거론하기도 했고, 심지어 시시껄렁한 잡담을 콕 집어 이면의 심리까지 분석해 촌철살인을 날리는 기예도 펼쳐 냈다. 살아생전 들어 본 적도 없는 외국 학자들의 이름까지 거론하면서 말이다. 전체를 아우르는 기경이의 현학적인 말발에 다들 압도되는 기류를 읽어 낸 뒤로 나도 모르게 의기소침해졌다.

하지만 술이 한두 잔씩 들어가고 분위기가 무르익자 우린 언제 그랬냐는 듯이 화기애애해졌다. 이번에 복권 맞듯이 종친회 장학금을 타게 되었다는 기철이가 한턱내겠다고 해서 자리를 옮기려고 일어설 때였다. 총무가 회비를 걷기 시작했다. 내가 당당하게 회비를 내려는데 기경이가 말했다.

"주희야, 내 것도."

난 손으로 입을 가리며 눈은 동그랗게 뜬 채 말했다.

"아! 맞다!"

"뭐야? 설마! 까먹은 거?"

"어쩌지?"

기경이가 한쪽 입을 약간 실그러진 채로 말했다.

"거의 한 달이 다 되가는데……."

한 달이란 말에 창피한 나머지 내 귀는 빨갛게 달아올랐다.

"앙, 진짜 쏘리! 깜빡했어. 낼 줄게."

그러자 듣고 있던 동민이가 끼어들었다.

"뭐, 귀까지 빨개지냐? 내가 대신 내 줄게."

그러고는 호탕하게 바로 그 자리에서 돈을 꺼내 휘리릭 총무에게 건넸다.

"동민아, 고마워, 바로 갚을게."

"됐어."

그런데 기경이가 뒤돌아서며 혼잣말인 척, 그러나 절대 혼잣말일 수 없게, 다 들리게 말했다.

"오버 닭살! 하여간에 주희짱 그놈의 여성성."

순간 얼음물이 내 머리 위로 끼얹어진 기분이 들었다. 물론 깜빡한 게 아니라 깜빡한 척하느라 내가 오버액션을 한 건 사실이다. 그게 기경이에게 읽혔으리라. 그러니 '오버'란 말은 내가 기꺼이 접수한다. 하지만 그놈의 여성성이라니? '여성성'이라는 말이 묘하게 불건전하게 들려서 기분이 안 좋았다. 게다가 아까 기경이 말한 초딩 시절에 내가 좀 튀었다거나, 사춘기가 일찍 왔다고 했던 말들도 다 같은 맥락인 건가 싶어지니 더더욱 불쾌해졌다. 어릴 적에 '주희짱'으로 불리던 그 자부심 가득한 이름 속에 불건전함이 들어 있었던 건가? 나의 과거마저 송두리째 부정당하는 기분이었다. 하지만 어느 대목을 콕 집어 어떤 식으로 따져야 할지 몰라 귀만 빨개진 채 어영부영 아이들을 따라 자리를 옮겼다. 2차로 자리 잡은 치킨집에서도 여전히 분위기는 화기애애했고 나 역시 최선을 다해 즐겼지만 마음 한구석은 영 개운치 않았다. 마치 더러운 옷을 입고 있는 듯한 기분인데 딱히 어디에 어떤 얼룩이 묻은 건지 전혀 모르겠는 애매한 상태랄까?

하지만 택배 아저씨 전화를 받느라 밖에 잠깐 나갔다 오다가 알게 되었다. 치킨집 복도를 따라 통로를 걸어 들어오는데 여자 화장실 안쪽에서 소리가 들려왔다. 익히 아는 목소리들의 대화. 원하지 않았지만, 얇은 가벽을 원망하고 싶을 만큼 너무 또렷이 잘 들렸다.

"요새 계좌 이체 앱 안 쓰는 사람도 있어? 구질구질하고 거지 같이…… 걔 뭐냐?"

"그러게. 콧소리 작렬! 웃음으로 때우던데? 웃음은 뭐 하러 흘려?"

"여자인 걸 그렇게 써먹는 거야?"

"머리를 쓰지 않고 머리 만지는 기술로 사는 애라 그런가?"

"그러게. 내가 그놈의 여성성이란 말을 괜히 했겠어? 외모 가꾸는 데만 혈안이 된 머리 빈 애들 진짜 극혐! 하긴 걔가 탈코르셋 개념을 알겠니? 고졸, 대졸을 그냥 구분 짓는 게 아니야."

난 복도에 박힌 듯 멈춰 서서 귀로는 아이들의 이야기를 들으며 눈으로는 맞은편 화덕 피자집 주방을 봤다. 투명 유리로 보이는 주방에서는 직원이 땀 흘리며 피자 도우를 휘휘 돌리는 기교에 가까운 손놀림을 선보이고 있었다. 시간과 노력이 빚어낸 그 유려함을 보니, 가위질로 순식간에 근사한 커트를 쳐 내던 미용과 선배의 모습이 연상됐다. 그리고 주방 구석 둥그런 화덕 위에 빼곡히 박혀 있는 벽돌을 차곡차곡 쌓아 올렸을 누군가의 애씀도 느껴졌다. 미용 실습을 하면서 마네킹의 머리로 수만 번의 가위질을 하던 동기들의 부단한 노력까지. 그 순간들을 떠올리면서 혼자 읊조렸다.

'이 세상에 필요한 능력은 한 가지가 아닌데……'

기경이가 책을 읽고 배워 근사한 말로 깊이 있는 생각을 전하는 능력과 나 같은 헤어 기술자들이 애서 익히고 훈련을 통해 머리를 잘 만지게 된 능력과 저 요리사의 조리 능력이나 집을 쌓아 올린 건축가들의 능력도 다 마찬가지 아닐까. 왜 여기에 서열이 매겨진 걸까? 각각의 능력일 뿐인데 어째서 거기에 서열을 두고 차등을 주는 거지? 그리고 각기 타고 난 고유의 특성이 어째서 여성성이란 이름으로 폄하되는 걸까. 나는 미적 감각과 재능으로 삶의 질을 고양하는 일종의 예술을 하는 거로 생각했다. 그리고 궁극적으로는 헤어 디자이너가 되겠다며 내 일에 나름 자부심을 가졌었는데. 왜 남의 생업을 저런 식으로 한순간에 추락시키고 값어치를 자기들 마음대로 후려쳐서 매기고 있는 거지? 그리고 탈코르셋은 사회가 주입한 여성 억압의 도구가 된 꾸밈 노동에 갇히지 말자는 일종의 슬로건인 거지, 인간이 본능적으로 갖고 있는 미에 대한 추구 자체를 없애고 비하하자는 게 아닌 걸 쟤들은 모르는 걸까?

안에서 떠들고 있는 아이들의 이름과 얼굴을 하나하나 떠올리며 분노가 끓어야 할 것 같은 순간이지만 이상하게 그러지 않았다. 그건 그다지 중요한 일이 아닌 것 같았다. 그보다는 애들과 나 사이를 구분 짓는 오래된 편견의 거대한 틀이 더 무겁게 와닿았다. 분노조차 뒤로 밀어 버리는 엄중하고도 근원적인 두려움. 투표가 끝난 뒤 한 출구 조사의 결과가 결국은 맞아떨어지듯이 내가 아는 이들의 일부에 불과한 저 아이들 생각이 곧 많은 사람의 생각일 거라 여겨지니 새삼 두려웠다. 무지막지하게 거대한 편견의 벽 앞에 선 기분이었다. 취업 나간 선배가 같은 헤어 디자이너인데도 고졸자를 하대하는 숍 매니저들의 태도에 분개하며, 더러워서 대학 간다고 했던 말이 떠올랐다.

물론 이 일의 발단은 제때 돈을 갚지 못한 나의 잘못에서 시작되었다. 하지만 내 행동에 대한 단죄의 틀은 편견의 보자기에 싸잡혀 급기야 개인의 특성까지도 비난하는 격이 되어 버렸다. 심지어 선의의 미소조차도 불순한 의도와 줄 긋기로 엮다니……. 난 잠시 고민했다. 밖에서 다 들었다면서 들어가 조목조목 따져 묻는 게 맞는 일일까? 아니면 그냥 못 들은 척하고 나머지 시간을 견디다 집으로 가는 게 맞는 걸까? 하지만 선택의 여지는 없었다. 마침 밖에서 담배를 피고 들어오던 동민이가 "주희짱, 여기서 뭐 해?" 하며 들어가자고 나를 안으로 밀었다. 이젠 동민이의 호의 섞인 콧소리마저 편하게 들리지 않았다. 주희짱이란 호칭조차도 더럽혀진 기분이었다. 하지만 나는 기분이 안 좋다고 인사도 없이 집으로 쌩하고 가 버려 분위기 깨는 캐릭터가 되고 싶지 않아 남은 시간을 견뎠다. 그리고 귀가가 자연스러워질 무렵 나왔다. 물론 동민에게 계좌 번호를 묻는 것도 잊지 않았다.

집에 들어와 씻고 침대에 누웠다. 모처럼의 외출에 몸은 피곤했고 대차게 한 대 맞은 마음은 얼얼했다. 소리 내어 울고 싶었지만, 돈까지 꿔 준 언니 때문에 참았다. 하지만 애쓰는 나를 알아본 건지 언니는 거울 속으로 계속 힐끗대다 다짜고짜 와서 돌아누운 내 몸을 흔들어 대며 물었다.

"야! 야! 뭔 일인데?"

난 망설였다. 친구한테 빌린 돈 이야기를 빼고 말하면 전후 맥락이 와 닿지 않을 거다. 그렇다고 그 이야기를 하면 바로 '그러게, 넌 왜 돈을 꾸고 다녀서……'로 시작되는 욕을 배 터지게 먹을 게 뻔하니까. 하지만 입을 다물고 있자니 안에서 설움이 사정없이 밀려왔다. 도저히 삭여지지 않는 설움이 무서웠다. 떼로 몰려다니는 설움은 더 큰 화를 자초할지도 모르니까. 이 문제와 상관없는 내 신세 한탄으로 번질 수도 있었다. '사실은 나도 얼마든지 대학에 갈 수 있었는데…….' 이런 푸념이 나올까 두려웠다. 어쩌면 엄마가 보고 싶다는 둥 이런 말을 할 수도 있었다. 그러느니 언니에게 욕먹을 각오를 하고 지난 회비 이야기까지 포함해서 여자애들이 화장실에서 내 뒷담화한 걸 팩트 위주로 전했다. 그런데 언니의 반응은 의외였다.

"난 또 뭐라고."

그리고는 아무렇지 않다는 듯 화장대로 다시 가 로션을 발랐다. 왜 욕먹고 다니냐고 혼내는 것도 아니고 그렇다고 우쭈쭈하며 위로하는 것도 아닌, 너무나 맹숭맹숭한 말투인 게 황당해서 나오려던 눈물은커녕 내 안에 고인 설움마저 싹 다 기화되는 기분이었다. 언니는 거울 속으로 벙찐 나와 눈을 맞추고 말했다.

"흔한 년들이야."

"뭐?"

"걔들 말이야, 현실을 속에 있는 흔하고 아주 뻔한 캐릭터들이라구. 현실을 직시했구나 해. 있다고 잘난 척하는 인간들처럼 더 배웠으니 재고 싶은 거겠지. 걔들 입장에선 네가 얄미운데 물고 늘어질 게 그거잖아? 쟨 고졸 주제에…… 이거겠지. 누구나 자기가 가진 걸 들고 흔들기 마련이거든! 뭐, 어쩌면 당연한 일일 수도 있어."

흔하고 뻔한 것까지야 그렇다 치지만, 동생 일에 어떻게 감정 이입 하나 없이 당연하단 말을 저렇게 하는 건지 정말 섭섭했다.

"뭐가 당연해? 왜 고졸 주제야?"

"내 말은 개인이 느끼는 호불호까지 어떻게 막겠냐는 소리야. 다시 말하지만 고졸 주제라 호불호를 들이댄 게 아니라, 남자애가 회비를 대신 내준다니까 거슬리던 참에 네가 고졸인 게 공격하기 좋아서 그런 거야. 그리고 뒤에서야 뭔 소리를 못 하겠나 싶기도 하고……. 그걸 들은 게 재수 없었던 거지."

"그런 편견이 학력 버블을 만드는 거잖아. 대체 그게 왜 당연하다는 거야?"

"편견이 나쁘지 않다는 게 아니야. 말 그대로 치우친 건데 뭐가 좋겠어? 그런데 어떻게 안 그럴 수 있냐는 거야. 하지 말라고 안 하겠어? 그건 개탄할 일이지 문제의 핵심은 아니란 거야.

개인이 가지는 혐오나 폭력을 뭐랄 게 아니라, 그걸 어떻게 대처하느냐가 더 중요하단 거야. 물론, 사회 구조가 바뀌는 게 최우선인데 그거야 개인이 할 수도 없고 단시간에도 안 되는 거니까. 이 대목에서 네가 할 건 그런 애들한테 휘둘리지 않는 게 먼저란 거야."

순간 언니에게 '잘났어'라고 내뱉고 싶었지만 참았다.

"뭔 소리야? 나보고 정신 승리라도 하라는 거야? 언니는 왜 걔들을 싸고돌아?"

"싸고돌긴? 좋아. 쉽게 말해 줄게. 그래, 걔네들 나쁜 애들이야. 그런데 여기서 중요한 건 네가 멍청한 애가 안 되는 게 더 핵심이란 거지. 멸시당하는 게 싫다고 더러워서 대학 가야지 하고 자기혐오에 빠지면 저들과 똑같이 된다는 거야. 네가 자신을 해치지 않고 존중감을 갖고 중심 있게 사회인으로서 N분의 1을 제대로 하는, 네 몫의 밥벌이를 하는 게 먼저란 이야기야. 그 나머지는 부수적인 거니까 그딴 편견에 휘둘리지 말라고."

"됐어! 결국 그 소리네. 얼른 돈 벌란 소리. 길게 돌려 말할 게 뭐 있어? 그냥 넌 돈 벌 궁리나 하지 어딜 싸돌아다니니? 이럴 것이지. 누군 안 벌고 싶어서 안 벌어?"

나는 벌컥 짜증을 내면서 방문을 쾅 닫고 나왔다. 베란다 창문을 열고 신선한 바람을 맞았다. 가볍게 뺨을 치고 가는 바람 덕에 서서히 머리가 맑아지는 듯했다. 서툰 분노 아래 침착하게 가라앉아 있는 알갱이들을 들여다보니 언니가 궁극적으로 하고자 하는 이야기가 뭔지 잘 알 것 같았다. 무언가를 배우려는 게 아니라 더러워서, 오로지 저런 턱없는 편견에 진저리가 나서, 단지 낙오되지 않겠단 생각으로 무조건 대학을 가거나 또는 현실적으로 갈 수 없음에 울분을 품고 산다면 그건 내 자신을 해치는 일이 될 거다. 편견의 파도가 무서워 그 길을 관통하지 못한다면 난 소용돌이 속에서 내내 어지러운 춤을 추겠지. 멈추지 못하는 춤에 내 발이 까져 피나는 것도 모른 채 그렇게 한평생을 살 수는 없는 거잖아?

내겐 그런 경험이 있었다. 중학교 때, 그 당시 너나 할 것 없이 경쟁하듯 사 신던 유명 브랜드 운동화 때문에 한동안 속을 태웠다. 나랑 수진이 그리고 미소 이렇게 셋이 막 친해지던 즈음이었다. 애들은 중간고사가 끝나면 새 운동화를 살 거라며 자랑했다. 문득 둘이서만 새로 산 운동화를 신게 되면 난 자연스럽게 그들 사이에서 밀려날 거란 위기의식이 들었다. 그때부터 내겐 운동화를 사는 일이 절체절명의 과제가 되었다. 시험 준비보다도 돈을 구하는 일에 열중했다. 하지만 알량한 내 저금통을 박살 내는 일로는 어림도 없는 금액이었다. 결국 난 엄마가 돌아가신 뒤론 거의 왕래도 안 하는 외삼촌에게 학원비를 잃어버렸다고 울먹이며 구걸해 그 돈으로 운동화를 사 신었다. 그런데 정작 수진이와 미소는 보세 운동화를 하나씩 사 신고는 나를 보고 오히려 정색했다.

"남들이 산다고 학생이 그런 고가품을 줏대 없이 사는 건 옳지 않은 거 같아."

물론 나를 골탕 먹일 생각에서 한 말은 아니었다. 걔들이 하는 이야기를 앞뒤로 대충 맞춰 보면 부모님들에게 설득당해 울며 겨자 먹기 식으로 생각을 바꾼 모양이었다. 나 역시 얼굴이 빨개지는 걸 감수하면서 애들의 말에 서둘러 동의했다. 어차피 서로 합의된 비굴이었으니까.

"맞아, 사실 나도 그렇게 생각하는데 아빠가 사 줘서……."

어찌 되었건 난 이도 저도 아닌 상황이 황당했다. 수진이와 미소에게 환영받지 못하는 터라 학교에서도 운동화를 못 신고, 집에서는 또 언니에게 들킬까 봐 숨겨 놔야 하는 곤란한 처지가 된 것이었다. 그래서 운동화를 볼 때마다 매번 복잡한 감정에 휩싸였다. 별로 갖고 싶었던 것도 아닌 것에 자존심까지 팔아 가며 돈을 구걸했던 내 자신에 대한 모멸감, 아빠를 욕 먹인 불효를 서슴지 않은 것에 대한 수치심, 거짓말을 했다는 사실에 대한 죄책감 등등 이런저런 생각을 오래 했다. 그러면서 서서히 사람들에게 무작정 휩쓸리지 말아야 한다는 생각을 막연하게나마 내 안에 심었던 것 같다.

언니와 이야기를 한 뒤 또렷한 생각이 내 안에 명징하게 자리 잡았다. 위장에 탈이 나 봐야 비로소 내 위가 몸속 어디쯤 있는지 통증으로 인해 그 위치를 정확하게 알게 되듯이 말이다. 오늘 맞은 펀치는 아파서 얼얼하지만 그럼에도 불구하고 한방에 나가떨어지거나 질질 짜지도 않고 비굴과 분노를 내 안에 심지 않을 수 있는 나를 보게 된 건 확실한 수확이다. 휘둘리지 않고 내 삶에 뿌리를 건강하게 내리기 위한 밥벌이를 위해, 또 나를 지켜 내기 위한 N분의 1 역할을 찾아 나서리라.

마침, 동창 모임 단체 톡에 오늘 찍은 사진들이 거품처럼 부걱대고 올라왔다. 모두 사이좋게 나름의 포즈로 어우러져 있었다. 나 역시 환하게 웃고 있었다. 내 모습이 대견했다. 뒤이어 '반가웠네, 좋았네. 역시 초딩 친구야' 하는 진부한 메시지가 떴

다. 나도 '굿!'이라고 엄지를 올리는 이모티콘을 날렸다. 모임의 일원으로서, 그들의 일이 아닌 내 일로서의 N분의 1 역할을 해 본다.

하지만 아쉬움도 남는다. 인디언 속담 중에 '문제를 피하는 건 잡초를 내버려두는 것과 같다'는 말이 있다. 그냥 애들 이야기를 못 들은 척하고 말 게 아니라 자분자분 내 생각을 말했어야 하는 건 아니었을까 하는 회의감. 편견의 벽을 향해 실한 짱돌 하나를 던져 실팍한 금이라도 한 번 냈어야 하는 게 아닐까? 실팍한 금들이 누적되면 세상의 편견이 무너질 테니 그 일에 일조했어야 하는 건 아니었을지. 살면서 내가 역사에 획을 긋는 엄청난 일을 할 수는 없겠지만, 옳은 쪽으로 세상이 바뀌는데 1만큼의 무언가를 할 수 있었던 건 아닐런지. 그것 역시 내 몫의 'N분의 1' 중 한 파트는 아니었을까 하는 아쉬움 말이다.

금을 긋다

기분 완전 더럽다. 욕이라도 할걸! 아무 말도 못 한 내 자신에 게 화가 난다. 하지만 그 순간에는 뇌가 정지된 기분이었다. 뭐, 앞뒤 아무런 정황도 없이 뜬금없이 주먹질을 해 대는데 안 맞을 사람이 어디 있겠냐 말이다. 맞다! 그건 일종의 주먹질이다. 물 론 그 사람은 온전한 선의로 한 말이겠지만, 듣는 내가 아니라 면 아닌 거다. 고양이가 선의랍시고 징그러운 쥐를 주인에게 잡 아다 주는 것과 비슷하다.

학교 근처 대형 쇼핑몰 앞 버스 정류장에서 엄마를 기다리고 있었다. 나는 이미 짜증 난 상태였다. 엄마가 시간 계산을 잘못해서 거의 이십 분째 여기 있었으니까. 그런데 또 진입로를 잘 못 들어섰다며 더 기다리라는 전화가 왔다. 난 발끈했다.

"뭐야! 십 분이나?"

그때 정류장 안쪽에 있던 여자가 대뜸 고개를 틀어 나를 봤다. 그조차도 신경이 거슬렸다. 사람들은 거의 다 핸드폰에 얼굴을 박고 있는데 그 여자만 아까부터 계속 나를 힐끗댔으니까. 그걸로 끝이 아니었다. 전화를 끊고 숨을 고르자마자 누군가가 내 어깨를 잡았다. 어깨에 닿은 후끈한 열기부터 별로인데다가 내 휠체어의 방향까지 맘대로 돌렸다. 놀라 고개를 들어보니 또 그 여자였다.

"학생, 힘내요. 몸이 불편한 건 아무것도 아니야. 열심히 살아야 해. 알았지?"

뭐라는 거야? 당혹감에 미처 정신을 추스르지도 못하고 있는 사이, 그 여자는 막 도착한 버스에 냉큼 올라탔다. 그리곤 창가에 서서 한 손은 버스 손잡이를 잡은 채로, 또 다른 손으로는 내게 '파이팅!' 하는 손동작을 보여 줬다. 아마 자기가 탈 버스가 곧 올 거란 것을 알고, 내게 대사를 주먹처럼 날린 것이리라.

씨~발.

난 속으로 뇌까렸다. 대체 뭘 파이팅 하라는 거야? 물론 진심인 건 안다. 그 여자 눈동자에 이슬 같은 게 그렁그렁 맺혀 있었으니까. 하지만 그건 그 여자 감정일 뿐이다. 여자의 진심과 무관하게 내 안에서는 울컥울컥 울분이 올라온다. 최대한 참아 보지만 화가 나 급기야 눈가가 벌게진다. 그 여자는 아마 지금 쯤 자기가 내뱉은 선의에 자족해서 흐뭇해하고 있으리라. 그리고 또 제3의 누군가는 이 상황을 지켜보고, 여자가 건넨 선의에 내가 감격한다고 착각할지도 모른다. 세상 도처에 오해가 널려 있다. 그 생각을 하니 이곳에서 최대한 빨리 사라지고 싶어 미칠 것 같던 즈음 엄마가 도착했다.

차 안에서 내내 퉁퉁 부어 있는 나를 보고 엄마는 어쩔 줄 몰라 했다.

"해인아, 미안해. 야~ 화 풀어. 응? 치킨 시켜 줄까?"

엄마는 중죄인이라도 된 듯 시종일관 비굴한 태도를 보였다. 하지만 난 엄마 때문이 아니라고 말할 여력이 없었다. 아슬아슬했다. 부실하게 쌓아 올린 젠가가 된 기분이라 여차하면 와르르 무너질 것 같아 입을 꾹 다물고 있었다. 다들 그러겠지? 뭐가 그렇게 화가 나느냐고. 아마 이야기를 털어놓으면 엄마조차도 틀림없이 나의 피해의식 때문이라고 할 게 뻔했다. 언젠가 누나도 나한테 그랬다. "야! 넌 뭘 그렇게 매사 꼬아서 듣니?"

하지만 이건 내 입장이 되어 본 자만이 안다. 휠체어를 타고 다닌 지 일 년이 되어 간다. 이 말은 사고로 장애 판정 진단서를 받아 장애인 등록을 하고, 지체 장애 2급이 찍힌 복지 카드를 갖게 된 지 일 년이 되었단 소리다. 휠체어를 타기 전의 나를 기억하는 사람들이 아까처럼 내게 힘내라는 식의 격려를 하는 건 이해도 접수도 된다. 왜냐? 그들은 나의 히스토리를 아니까. '사고가 나서 하루아침에 저렇게 되었대.' '전엔 농구도 무지 잘했다더라.' '공부도 잘하고 중딩 땐 체격이 좋아서 교복 모델도 했다던데?' 등등의 배경지식이 있는 이들일 테니까. 그게 측은지심이든 하다못해 호기심 섞인 동정이라 해도 인간 관계상 그들이 주는 말은 잘 받았다. 최대한 정중하고 예의 바르게. 얼굴도 모르는 중학교 후배가 "선배님, 힘내세요."라면서 과자를 건넸을 때 나는 약간의 오버까지 곁들이면서 환하게 웃어도 줬다. 물론 속까지 다 편한 건 아니지만 말이다.

그렇지만 오늘처럼 생판 모르는 사람이 맥락 없이 '파이팅'을 건네면 기분 더럽다. 그럴 수도 있지 뭘 그러냐, 좋자고 한 소리에 뭐가 그렇게 기분이 나쁘기까지 하냐고 따지고 들면 구체적으로 조목조목 대답할 자신은 없다. 더러운 기분의 정체가 뭐라고 말하기 어렵다. 아무튼 그렇다. 마음이 그러면 그런 거다. 내 마음이 괜히 그럴 리는 없으니까.

"근데 형우랑은 진짜 싸운 거야?"

엄마가 조심스럽게 묻는다. 절대 답하고 싶지 않은 질문이다. 싸운 게 아니지만 엄마가 그렇게 알고 있는 게 낫다.

"……."

"형우, 고마운 친구인데…… 그냥 잘 지내지."

엄마는 내가 형우와 잘 지내기만 바랄 뿐, 실제로 무슨 문제가 있었는지 더 묻지 않았다. 내가 그랬듯이. 물론, 형우가 있었다면 오늘같이 이렇게 엄마가 허겁지겁 달려오지 않아도 되었을 테니까. 하지만 내게 형우 문제는 간단치 않다. 그야말로 한계에 다다랐다. 엄마는 아쉬움 때문인지 참지 못하고 한 소리 더 한다.

"오늘 같은 날 형우가 있었으면 얼마나 좋아?"

"아~씨!"

난 소리를 버럭 질렀다.

사고가 난 뒤, 병원 생활을 마치고 장애 등급을 받기 직전까지는 현실로 와닿지 않았다. 그래서 정말 비현실적인 시간을 보냈다. 꿈같은 시간이란 표현은 좋을 때만 쓰는 게 아님을 알았다. 꿈에는 악몽도 있으니까. 잠으로 도피하거나 눈물범벅으로 하루를 보내기도 하고 또는 눈앞의 모든 것들에 울분을 쏟아붓는 폭력의 시간과 우울의 쓰나미로 주변을 다 쓸어버리는 일상이 패턴처럼 반복되었다. 물론 그 피해자는 가족이었다. 엄마, 아빠, 누나, 강아지 하몽이. 모두 내가 질러 대는 고함이나 분풀이를 전전긍긍하면서 받아 줬다. 그게 당연한 내 권리라고 생각했다. 세상이 끝나지 않았는데 세상이 끝난 것보다 더한 일이 오롯이 내게만 와 있었다. 차라리 세상이 다 같이 끝났으면 좋으련만······.

정말 간절히 지구 종말을 기원하면서 잠들었는데 종말은커녕 눈치 없이 환한 아침 햇살이 내 머리꼭지를 달궈 눈을 뜨게 되면 저절로 욕이 나왔다. 내가 아는 욕이란 욕은 허공에 대고 다 소리쳐 봤다. 하지만 그런다고 후련할 리 없다. 기분만 더러워진다. 하지만 그보다 더 구차하고 치욕적인 순간은 따로 있다. 비관적인 생각으로 가득해 삶을 포기하겠다며 다짐하다 잠들었는데 막상 눈을 뜨니 머릿속에 포동포동한 치킨이랑 알록달록한 피자가 팝업처럼 불쑥 떠올라 있을 때다.

그날도 주머니 속에 뽕망치라도 있으면 마구 때리고 싶을 정도로 리얼하게 자극적인 치킨 영상이 재생되었다. 익숙한 냄새까지 그야말로 내 오감을 건드렸다. 나를 시험에 들게 하는 영상에 굴복해서 결국 엄마에게 톡으로 치킨을 시켜 달라고 했다.

닭 날개 살을 맛있게 요리조리 돌려 가며 발라 먹고 있을 때였다. 하필 누나가 들어왔다. 난 콜라와 얼음을 놓고 나가는 누나를 향해 욕을 퍼부었다. 아마 무안해서였을 거다. 아니, 그냥 그래 왔던 대로 빨리 나가라고 손에 잡히는 쿠션을 던졌다. 일말의 죄책감도 없이 나온 자연스러운 행동이었다. 한참 뒤 다 먹은 그릇을 치우러 들어온 누나는 나가려다 말고 대뜸 몸을 틀더니 한 번도 본 적이 없는 적의가 가득한 눈빛을 쏘아 대며 말했다.

"야! 이제 그만해 새끼야. 네 인생이야 네가 겪는 거지만, 톡 까놓고 난 내 일도 아닌데 왜 이렇게 오래 힘들어야 해? 너 땜에 우리 가족은 뭐야? 내 삶은 어쩌라구!"

너무 놀랐다. 그런 말을 할 거라곤 상상도 못 했으니까. 맨날 뻔한 위로만 뇌까리더니. 사실 네 인생 내 인생 갈라 먹기 하자는 누나의 말도 충격이었지만, 그보다는 누나의 얼굴에서 발광하던 느낌이 너무 강해서 순간 멍해졌다. 원래 말보다 느낌이 더 강렬한 법이니까. 누나는 자신의 삶을 열렬히 사랑한다고 외치고 있었다. '난 내 삶을 지키고 싶다고!' 하는 누나의 절실함이 내게 확 와닿았다. 정말이지 나는 누나의 그 마음이 훔치고 싶을 만큼 부러웠다. 스케이트보드 대회에서 1등 할 거라며 새벽마다 공원 마당을 벅벅 긁어 대며 연습하던 친구 찬호의 절절함과 같은 누나의 열렬함이 나를 자극했다.

덕분에 나도 내 인생을 챙겨야겠다는 오기가 생겼달까? 물론 처음에는 한참 달군 쇠막대기로 내 심장을 찌르는 듯한 팩트 폭력이 무지 아팠다. 사고 직후 병실로 달려와 나를 부둥켜안고 대성통곡을 해 결국 병실 밖으로 쫓겨나기까지 했던 누나가 어떻게 저럴 수 있나 하고 야속하고 서운했다. 그런데 신기하게도 누나 말을 듣고 나니 서서히 마음이 냉정해졌다. 마냥 뭉그러져 있던 마음이 냉동 칸의 얼음처럼 고체가 되면서 생각이 정리된 것이다. 비로소 가출한 이성이 내 머릿속으로 들어와 안착한 느낌이었다. '웽' 하는 시운전 소리와 함께 '걷지 못하는 나로 살아야 한다'는 현실을 받아들였다. 그래서 다음 날 장애 등급을 받으러 병원에 갔다. 그때 처음 알았다. 달콤한 위로보다 때로는 뼈 때리게 아픈 팩트 폭력이 치유의 지름길이 되기도 한다는걸.

그다음 단계로 학교 문제를 두고 고민을 했다. 다니던 곳으로 돌아갈 것인가? 아니면 다른 곳으로 전학을 갈 것인가. 갈림길 앞에서 엄마는 이사하자며 강력하게 주장했다. 내가 모든 게 다 달라진 일상을 접하는 게 당혹스러울 뿐 아니라 혹여나 학교 애들이 전과 다르게 대해서 내 마음이 다칠 것 같다는 게 이유였다. 하지만 난 바로 그 이유로 이사를 반대했다. 초등학생도 아닌데 대놓고 전과 다르게 대할 리 없을 것 같았다. 오히려 '장애인이 아니었던 나'를 아는 애들이 더 나을 듯했다. 생뚱맞게 낯선 동네에 처음부터 장애인으로 등장하는 삶보다야 살던 곳에서의 삶이 상처를 덜 받을 거란 계산이었다. 물론 이런 내 생각을 입 밖으로 꺼내진 않았다. 약간 쪽팔리기도 했고 내 마음 한구석에는 저들은 절대 모를 거라며 금을 긋는 기분이 들기도 했다. 그렇잖아? 내 입장을 알 리 없지.

금을 긋는 일, 그건 별것 아닌 것 같지만 아주 분명하고도 큰 일이다. 0.1밀리 샤프심으로 그은 얇고 가는 금 한 줄에도 글자들이 아래로 떨어지지 않는데, 하물며 내가 그은 마음의 경계선이 어찌 이런저런 여파를 남기지 않겠냔 말이다. 처음 누나의 말로부터 시작된 금, 그건 양날의 검과 같았다. '내가 아니면 다 남'이라는 생각으로 스스로 일어서야 한다는 당위성에 나 자신이 여물어지고 단단해지기도 했지만, 한편으론 금 밖의 그들을 밀어내려고 애쓰다 보면 고립된 기분이 들어 우울해지기도 했다. '난 장애인이고 저들은 아니니까' 하는 마음이 도드라지면 섞이지 않는 물과 기름이 머릿속에 그려지는 것이다. 굳이 우열의 문제를 떠올리지 않아도 다소 아픈 금.

이 일은 학교에 가서도 계속되었다. 난 그들과 달라서 열심히 공부를 했고 다르기 때문에 더 괜찮은 아이여야 했다. 사고로 다리를 잃은 아이가 어떻게 무너져 가는지를 절대 보여 주고 싶지 않았다. 적어도 내가 침몰하는 배가 아니란 걸 보란 듯이 증명하고 싶었다. 지금 생각하면 그렇게 작위적인 삶이 필요했을까 싶지만 말이다. 그게 나를 위한 건지 그들을 위한 건지 무엇인지는 잘 모르겠지만, 머릿속엔 늘 두 개의 영사기가 돌아갔다. 나는 '진솔한 나'와 '남들에게 보이는 나'라는 필름을 동시에 돌리기 위해 늘 분주했다.

학교에 다시 나가게 된 지 얼마 안 되었을 때 형우를 알게 됐다. 등하교는 엄마가 해 줬지만 수업 중간중간에 위아래 층으로 이동하는 게 문제가 되었다. 특히 체육 시간이나 재량 활동 시간에 강당이나 특활실로 가는 게 제일 힘들었다. 물론 다른 건물로 연결된 층으로 돌아가면 되지만, 누군가 밀어 주지 않는다면 말 그대로 난 휠체어의 초보 운전자라 시간이 오래 걸렸다. 그러자 담임 쌤이 조회 시간에 반 아이들에게 나를 도와줄 친구가 필요하다고 말했다. 긴 서두 없이 담임 쌤은 한쪽 손을 올리며 물었다.

"자~ 지원자! 손들기."

그 순간, 난 괴로웠다. 담임의 말이 떨어짐과 동시에 내 머릿속에는 이후의 상황이 재빠르게 유추되었기 때문이다. 아무도 지원하지 않을 때 주번이라든가 순번을 만들어서 강제로 나를 떠맡길지도 모른다는 상상과 더불어 어쩌면 담임이 봉사 점수를 조건으로 내걸지도 모른단 생각에 오금이 저렸다. 나는 고개를 들 수조차 없어서 책을 보는 시늉을 했다. 그런데 순간 누군가 목청 높이 "저요!" 하며 손을 들었고, 아이들은 일제히 "워~휠" 하고 환호를 질렀다. 난 조용히 한숨을 내쉬었다. 나를 처치 곤란으로 내팽개쳐지지 않게 해 준 형우란 애가 진심으로 고마웠다. 담임 역시 내 마음을 헤아린 건지 지원자에 대해 큰 호들갑을 떨지 않고 아주 쿨하게 "어! 신형우, 좋아!" 하며 상황을 마무리하고 교실을 나갔다. 그리고 그날부터 형우는 자연스럽게 나를 도와줬다.

형우는 밝은 얼굴로 쾌활하게 콧노래까지 불러 대며 내 휠체어를 밀어 줬다. 하지만 내 머릿속은 처음부터 너무 복잡했다. 형우가 고맙긴 하지만 한편으론 자존심이 상했다. 왜 형우여야 하는지 명분이 없었으니까. 그동안 나와 친했던 현욱이나 민성이라면 자연스러웠을 것이다. 하지만 시간을 다투며 공부하는 애들이니 나를 위해 봉사할 의사가 전혀 없었으리라. 이해는 한다. 솔직히 나였어도 지원은 하지 않았을 테니까. 그렇다면 하다못해 형우가 덩치라도 컸으면 나름의 명분이 설 텐데……. 난 속으로 명분을 찾아 헤맸다. 형우가 나를 위해 이런 일을 하는 게 자연스러울 수 있는 명분, 아무것도 아닌 애의 도움을 받아야 하는 게 자존심 상했다. 우정도 뭣도 아닌 그냥 동정받는 기분은 별로니까. 그때 내 머릿속을 들여다봤다는 듯이 형우가 말했다.

"야, 우리 초중 동창인 거 알아?"

그 말 한마디가 나를 살렸다. 난 호쾌하게 대답했다.

"알~지."

솔직히 난 형우를 전혀 몰랐다. 아니, 알기는 하지만 마음에 담아 본 적이 없었다. 그만큼 형우는 내겐 존재감 없는 아이였다. 공부도 못했고 그렇다고 반 아이들이 알 만큼 말썽쟁이도 아니고 주변을 조용히 겉돌던 아이였다. 그러니 그 애와 교집합으로 남은 기억이 있을 리 없었다. 하지만 난 부지런히 기억을 뒤적였다. 뒤적인다고 나올 기억은 아니건만 아무 말이나 낚싯밥 던지듯 했다.

"맞다, 너 정수호랑 친했지?"

"아니."

"진성학원 다녔냐?"

"아~~니."

"우리 중학교 때 농구 시합 하던 날 공설 운동장 왔었냐?"

"아니."

애써도 되지 않을 일에 내가 땀을 빼다 말 즈음이었다. 형우가 밝은 표정으로 말했다.

"나 초등학교 때 너희 집에 가 봤다."

"뭐? 레알?"

초등학교 때 형우 아빠가 인테리어 가게를 하셨는데 우리 집 베란다에 깨진 유리를 갈아 주러 올 때 형우도 왔었단다. 나와 우리 집 마당에서 반나절은 놀았다면서 내 기억에 전혀 없는 이야기를 줄줄 늘어놓았다.

"그때, 너희 집에 하얀 푸들 강아지가 있었거든. 해피라고."

"아! 맞아. 우리 주택 살 때, 그래…… 해피, 쪼끄마한 게 완전
사납게 짖었는데."

너무 기뻤다. 그것만으로도 난 물에 빠지지 않을 지푸라기라
도 잡은 것 같았다. 난 형우와 친해지기 위해 과거도 꺼내고 이
것저것 주머니 속 모든 걸 다 꺼냈다. 친해야 하고 아니 친한
척이라도 해야 했으니까. 형우를 위해 나를 위해, 그렇게 우리
가 연대를 이뤄야 그 애가 내 휠체어를 미는 일이 자연스러워질
것 같았다. 그렇게 나와 형우는 애써 친해지게 되었다.

형우는 키도 작고 얼굴도 동글동글하니 유순한 애인 줄 알았
는데 지내다 보니 내 예상과 달리 거친 데가 있어 당황스러웠
다. 물론 내게는 한없이 친절했지만, 휠체어를 밀 때 앞에서 누
군가 걸리적거리면 형우는 거침없이 "새끼들아, 비켜!"라고 소리
를 지르곤 했다. 내가 무안해질 정도로. 심지어 급식 줄을 설 때
새치기도 했다.

"야! 이건 아니지."

내가 정색했지만, 형우는 오히려 당당했다.

"됐어. 배려하는 게 맞는 거야. 학교는 그런 걸 배우는 데라
고. 자식들, 알아서 양보를 했어야지. 안 그러냐?"

내가 고맙단 인사를 해서인지 아이들은 형우 말에 비실비실

웃으며 선선히 자리를 내주었다. 그 일이 처음에는 불편했지만 시간이 지나면서 나 역시 서서히 익숙해졌다. 어차피 '니들이 나보다 상황이 나으니까' 하는 생각이 내 안에 자리 잡았고, 형우는 형우 대로 자신이 옳은 일을 하는 중이라는 자부심으로 거침없었다. 우리의 이런 생각이 합쳐져 서서히 하나의 권력이 되는 줄은 꿈에도 몰랐다.

어느 날 형우는 인터넷을 뒤지다 말고 학교에 장애인을 위한 엘리베이터 설치가 의무 사항이라며 흥분하기 시작했다.

"이것 봐, 교육청에서 이미 모든 초중고교에 장애인 승강기 설치를 약속했다잖아. 근데 지금 10프로 정도가 진행이 안 됐다는데 우리가 여기 속했네."

"순서대로 해 주는 건가?"

"그걸 언제 기다려? 해 달라고 떠들어야지."

쌤한테 물어보니 교육청 쪽에서 일에는 절차가 필요하니 기다리라고 했다고 알려 줬다. 나는 그러려니 하고 있었는데 정작 형우가 난리를 치기 시작했다. 형우는 수업이 끝나자 대뜸 교탁으로 나가 엘리베이터 설치가 시급하다는 이야기와 더불어 종이를 돌리며 거기에 이름을 적으라고 했다.

"우는 아기 젖 준단 말도 있잖냐? 그러니 우리가 해인이를 위해 뭐라도 하자는 거지. 안 그래? 그리고 이건 우리 반 애들 이름만으로는 안 되니까 각자 다른 반 친구들한테도 받아 와! 알았지?"

하지만 형우의 말에 집중하는 애들은 몇몇이었고, 뒷자리에 앉은 애들은 이미 어수선하게 움직이고 있었다. 그때 갑자기 형우가 큰 소리를 치기 시작했다.

"거기 야야! 이규상, 뒷문 닫아! 주혜나, 너도 자리로 가서 앉아. 니들도 빨리 앉으라고. 주목! 주목!"

거친 형우의 목소리에 놀라 아이들은 하나둘 스멀스멀 앉았다. 하지만 여기저기서 투덜대는 소리가 또렷하게 들렸다. '쟤 뭐냐' '미친 거 아냐?' '지가 뭐라고 저래?' '선생인 줄?' 등등. 그렇다고 그 타이밍에 내가 나서서 형우를 말리는 것도 우스웠다. 하지만 형우는 개의치 않고 다시 소리쳤다.

"니들, 인생 그렇게 이기적으로 살래?"

그러자 아까 형우에게 이름이 불린 규상이가 빈정댔다.

"한 명 쓰자고 엘베 설치하는 건 국가적인 낭비 아니냐? 그리고 신형우, 네가 맘대로 남의 인생을 이렇게 저렇게 평가할 입장은 아니지. 네가 뭔데?"

"뭐야! 새끼가……."

형우의 말과 함께 뭔가가 교실 한가운데를 가로지르는 것 같더니만 문 쪽 기둥 위에 걸린 시계가 '퍽' 하고 떨어졌다. 플라스틱 벽시계가 바닥으로 떨어지는 소리는 그 존재감이 대단했다. 놀란 여자애들 몇몇이 동시에 비명을 질렀기 때문에 더욱 그랬다. 마침 복도를 지나가던 사회 쌤과 뒤이어 들어온 담임 쌤에 의해 상황은 간단히 정리되었다. 형우는 책을 던진 행동 때문에 혼났고, 규상이는 이기적이라며 한 소리 들었다. 하지만 그 여파는 컸다. 사회 쌤이 규상이를 향해 남긴 말 때문이다.

"이규상, 너 앉은 자리에서 풀도 안 나겠다. 친구 위하자는 일에 그냥 사인해 주면 되는 거지. 뭘 그걸 튕겨?"

아이들은 규상이에게 '안풀남'이란 이름을 달아 주었다. 더불어 규상인 이기적이라는 꼬리표까지 얻게 되었는데, 그 일로 비교적 좋은 사이였던 나와 규상이와의 사이도 껄끄러워지게 되었다. 나로서는 원치 않은 일인데 이상하게 꼬이기 시작했다.

"규상이 그 새끼 완전 재수 없지 않냐? 한 명 쓰자고 뭐?"

형우가 내게 규상이 욕을 강요했지만, 그 상황을 다 지켜본 나로서는 형우의 강압적인 행동에도 문제가 있었음을 알기에 선뜻 동조할 수 없었다.

"그건 그 애의 의견인 거니까."

내 말에 형우는 눈을 부라렸다.

"야! 강해인, 너만 졸업하면 끝이니? 이게 너만의 일 같아?"

"아, 그렇구나. 그 생각은 미처 못 했네."

"그니까 규상이가 이기적인 새끼인 거야. 그런 놈은 밟아 버려야 해. 그래, 안 그래?"

"어…….."

"사회 발전에 도움이 안 되는 쓰레기 같은 놈이라구."

그래도 그 일 하나로 규상이를 몰아세울 생각은 없었는데 나도 어쩔 수 없었다. 형우와 일치단결해야 했다. 다만 규상이도 순한 애가 아니다 보니 그 뒤로 반에서 둘 사이의 실랑이는 만만찮았다. 별것도 아닌 일에 형우는 규상을 험담했고 반 애들에게 동조를 구했다. 이미 형우는 반에서 선행 이미지가 굳어진 터라 아이들은 자연스럽게 형우 편을 들어 줬다. 그리고 형우를 따르는 애들도 몇몇 생기기 시작해서 우린 학교 안에서 서너 명씩 무리 지어 다니기도 했다.

정말 이상한 건 규상이란 눈에 보이는 적이 생긴 뒤로 형우와 나는 동지애로 더 끈끈해졌다는 점이다. 아니, 이젠 동지애만이 아니라 서서히 형우가 나의 어미 새라도 된 것 같은 기분이 들었다. 왜냐하면 형우가 없으면 내가 아무것도 못 할 지경이 되어 버렸으니까. 그즈음 외할머니가 입원하시는 바람에 엄마가 자주 병원에 들러, 자연스럽게 형우에게 부탁할 일이 많아지다 보니 더 의지한 것 같다. 당시 엄마는 형우에게 고마운 마음을 여러 가지 방식으로 표현했는데 그것만으로도 부족했던지 급기야는 '우리 해인이 형 같다'는 말까지 했다. 그래서 나도 장난삼아 형우한테 '형'이라고 한두 번 부르기도 했었다.

하루는 늦은 밤 형우에게 톡이 왔다. 내일 학원 특강이 몇 시에 시작하느냐고 물어 왔다. 미안하기도 하고 고맙기도 해서 잽싸게 답을 했다.

—아홉 시. 가능? 끝날 땐 아빠가 옴.

—오키오키.

—고맙.

—부탁 있음.

—뭔데.

—돈 좀 꿔 줘.

—이번 주 용돈 다 썼으.

—꿔 줘.

—없다니까.

―없어도 있게 만들 수 있잖아.

'없어도 있게 만들 수 있다'는 건 있어야 한다는 뜻이었다. 상대가 형우라 쉽게 거절할 수 없었다. 그동안 소소한 부탁도 들어주고 밥값도 항상 내가 냈지만, 그게 불편하단 생각은 한 번도 한 적 없었다. 엄마가 그러라고 체크 카드도 줬고 '치러야 할 몫'이란 표현도 했다. 하지만 이런 식의 현금 요구는 처음이었다.

―얼마?

―성의껏.

―언제 갚을 건데?

―솔까 갚을 능력 없고 쓸 데가 있어. 나쁜 일은 아니니까 쫄지는 마.

―근데 왜 꿔 달래?

―그냥 달라는 건 삥 뜯는 기분이라. 언젠가 갚을 일이 생길지도 모르잖아? 인생이 그렇다며? 모르는 거라고 그러던데.

형우는 지금 언젠가라고 말했지만, 언젠가는 없다. 그냥 자기가 내게 베푸는 일의 대가를 치르라는 식이다. 당당하다. 그리고 이런 당당함은 더 안 좋게 변질될 수 있을 거란 추측이 들었다. 가슴이 철렁 내려앉았다. 돈 때문이 아니다. 형우와 나와의 관계가 이렇게 변질되어 가는 걸 눈으로 목격하고 있으려니 마음이 불편했다. 그래도 이런 일은 처음이고, 어차피 다음 주가 형우 생일이니 엄마에게는 선물을 사는 명목으로 돈을 받으면 될 것 같단 생각을 하면서 망설이고 있었다. 그러자 형우가 다시 톡을 했다.

　―엘베 곧 될 거래. 교육청에서 공문 왔대. 거의 전 학년이 서명했을걸?

　―와우.

　―규상이 놈은 엘베 못 타게 해야 해.

　―야!

　―하긴 안풀남 덕 본 거지. 크크크크 다들 안풀남 되기 싫어서 서명했으니까. 요샌 규상이 놈도 나한테 확 꼬리를 내리던데? 크크크크.

　형우는 신난 듯 크크크크를 연발했지만, 내 마음은 한없이 아래로 추락하는 기분이었다. 발끝이 닿지 않는 어딘가로 끌려 내려가는 느낌은 두려움 그 자체였다. 뭔가 잘못되어 가고 있는 게 분명한데 짚어 낼 수 없는 답답함이 나를 짓눌렀다.

　―야, 해인. 돈 해 줄 거지?

　형우가 꺼낸 엘베 이야기조차 의도가 있었던 거란 생각을 하니 기분은 더 안 좋았다. 하지만 난 애써 '낼 봐'라고 인사를 하고 톡을 나왔다. 그날 밤 난 운동화 밑에 묻은 거대한 진흙의 무게 때문에 한 발도 못 움직이는 꿈을 꿨다. 사고가 난 이후의 꿈에서 나는 휠체어를 타지 않고 늘 씩씩하게 달리는 편이었는데 말이다.

 밤새 끙끙거려서인지 아침부터 컨디션이 안 좋더니, 학교에서 배가 살살 아파 왔다. 결국 난 2교시가 시작되자마자 양호실로 갔다. 그러고는 약을 먹고 침대에 누워 자다 깼는데 대각선 방향으로 홍주아가 보였다. 주아는 유치원 때부터 동창이었다. 말도 거칠고 돌직구를 잘 날려서 애들한테 싸가지가 바가지라는 욕은 먹지만, 마음은 착한 애란 걸 잘 알기에 사이좋게 지냈다. 게다가 주아 엄마랑 우리 엄마가 오랜 절친이라 가족 같은 느낌도 있다. 언제나 그랬듯 우리는 각각 양호실 침대에 누운 채로 격의 없이 말을 주고받았다.

 "배 아파 왔냐?"

 "너 점쟁이냐? 한잠 자니 멀쩡하네. 근데 넌 왜?"

 "머리통 빠개져서 왔는데 약발이 드는지 괜찮네. 야! 점심시간 끝나 가는데 나갈래? 밥을 거를 수는 없잖아?"

 "그러자. 내 바퀴 좀 가져와 봐."

주아는 꾀병이 아니었나 싶을 정도로 벌떡 일어나 휠체어를
끌고 왔다.

"오키. 이 누나가 화끈하게 굴려 주지. 근데 기사는 안 오냐?"

"뭔 기사?"

내 말을 모른 체 한 주아는 휠체어를 밀면서 복도를 따라 신
나게 급식실 쪽으로 달렸다. 어찌나 빨리 달리던지 복도에 서
있던 애들이 양쪽으로 갈라섰다.

"와, 이 맛에 형우 놈이 머리가 커졌구만."

무슨 소리냐고 또 물었지만, 주아는 여전히 답이 없었다.

점심시간에 늦어서인지 급식실에는 줄이 길었다. 주아는 식
판을 집어 내 무릎에 올려놓더니 눈을 마주 보며 간단명료하게
말했다.

"강해인, 나 새치기 안 하는 스타일인 거 알지?"

내 얼굴이 붉어지기 시작했다. 주아가 대답하지 않은 말들이
뭘 의미하는지 다 알 것 같아서다. 주아는 식당을 둘러보다가
구석 자리를 보더니 내 등 뒤에서 소곤거렸다.

"야, 니들 규상이 고만 잡아. 쟤 봐라 풀 죽어 혼자 먹네."

정말로 규상이는 한쪽 구석에서 혼자 밥을 먹고 있었다.

"잡긴 뭘 잡아?"

"오죽하면 장애 카르텔 소리가 다 나오냐? 형우 설레발치는데 발 걸었다가 괜히 당한 거잖아. 장애우 차별한다는 소리 듣기 싫어서 애들도 다 형우 편드는 거지만 솔직히 규상이가 크게 잘못한 것도 없더구만. 엘베 혼자 타는 거 낭비란 말은 사과했다는데 계속 애를 잡는 건 뭐냐?"

"근데 뭔 텔? 카르텔?"

"내 말이 뭐 틀렸냐? 누나가 너 생각해서 하는 말이다."

순간, 내 등줄기로 서늘한 얼음물이 흐르는 기분이 들었다. 독점, 연합이란 뜻의 카르텔. 내가 장애를 빌미로 권력을 행사한 걸로 보였다니……. 한 대 맞은 기분이었다. '아니, 내가 삥을 뜯은 것도 아닌데…….' 하는 마음에 너무 과한 표현이라 황당한 기분도 들었지만, 크게 억울하지 않았다. 솔직히 나도 아는 이야기였으니까. 급식실에서 새치기할 때, 규상이를 코너로 몰 때도 도가 지나치다는 걸 나 역시 모르지 않았다. 하지만 내 편의에 의해 모르는 척을 했고, 어느 정도는 외면하고 싶었던 이야기였으니까. 그런데 지금 주아가 방실거리며 다 까발리고 있다. 역시 돌직구의 여왕 홍주아답다.

주아와 아무렇지도 않게 수다를 떨며 밥을 먹었지만, 난 속으로 많은 생각을 했다. 언젠가 사회 시간에 역차별을 이용하는 자가 있다는 말을 들은 기억이 난다. 차별을 이용해서 공인된 약자를 보호한답시고, 권력을 거머쥐려는 무리가 있다며. 목적을 미명 삼아 수단을 정당화한다면 싸움은 계속될 거라는 이야기가 내 목을 조인다. 언젠가 매점에서 1학년 애들이 슬금슬금 뒤로 비켜서던 모습, 그리고 강당에서 공놀이하다 흩어지던 애들 얼굴이 새삼 아프게 떠올랐다.

형우도 처음부터 그런 의도는 아니었을 거다. 주아 말대로 바퀴를 굴리다 보니 머리가 커진 걸까? 아니, 엄밀히 이건 형우의 일이 아니다. 그 중심에는 내가 있는 거니까. 일이 여기까지 온 것도 마찬가지다. 어제 형우가 내게 돈을 꿔 달라며 무리한 요구를 한 것도, 내가 여지를 줬기 때문인지도 모른다. 바보가 아닌 이상 아무에게나 주먹질을 하지는 않는 법이니까. 그렇다면 내가 뭔가를 해야 한다. 난 그렇게 결심했다. 내 발에 묻은 진흙을 털어 내야 한다. 그래야 바로 걸을 수 있을 테니까.

학원 앞에서 형우에게 봉투를 줬다. 형우가 "짜아식"이러면서 활짝 웃었다. 그러다 봉투를 열더니 급격히 표정이 바뀌었다.

"야, 새꺄, 너 장난 까냐? 누가 축하해 달랬어? 돈 꿔 달라니까 이게 뭐야?"

"돈은 못 꿔 주고 생일은 축하해 주고 싶었어."

"이건 됐고. 너 얼마 있어? 야! 주머니 털어 봐."

"없어. 그리고 이런 식이면 이제 나 도와주지 않아도 돼."

"헐! 그걸 왜 네가 정해? 도움받는 주제에. 야! 물이 위에서 아래로 흐르지 반대로냐?"

"뭔 소리야? 네가 내 위에 있단 소리야?"

"아니냐?"

"그래, 어쨌거나 이제 사양하겠어."

내가 뒤돌아 가려는데 형우가 내 휠체어 바퀴를 잡았다. 그리곤 조곤조곤 말했다.

"병~신아, 무슨 일에든 최소 비용처럼 힘이 필요한 거야. 개무시당하지 않으려면 나를 이용하라고. 그게 네가 차별당하지 않고 너를 지키는 일인 거 몰라?"

"됐어!"

"되긴 뭐가 돼? 그런 걸 윈윈이라고 하는 거야. 너도 좋고 나도 좋고. 이 새끼! 은근 무식하네. 병~신!"

앞뒤로 한 번씩 찰지게 내뱉는 '병~신' 소리가 칼날처럼 내 귀에 콱 박혔다. 난 그 소리 때문에 일단 도망치듯 내뺐다. 모멸감이 들었다. 다시는 형우를 보고 싶지 않았다. 그 뒤로 난 형우를 피해 다녔다. 그렇게 형우를 끊어 내면 끝이라고 생각했다.

　그런데 오늘, 엄마가 다시 형우 이야기를 꺼내자 난 뭔가 확실하게 정리해야 할 것 같았다. 그러지 않는다면 또다시 형우를 찾게 될지도 모른다. 어떤 식으로든 자연스럽게 합리화를 하면서 형우와 다시 전처럼 지내게 될지도. 형우 말대로 나에게 필요한 걸 취하기 위해서라도 말이다. 그렇게 되면 지금 당장은 편할지 모르지만, 훗날 발아래 진흙 정도가 아니라 거대한 콘크리트가 들러붙어 한 발짝도 내 의지로 나가지 못하는 시간이 올 것만 같다.

　난 꺼내기 싫고 절대 다시 보고 싶지 않은, 개망한 시험지를 펼치듯 억지로 지난 시간을 들여다보게 되었다. 어쨌거나 오답 체크는 해야 하니까. 그날 형우가 내게 한 말. 앞뒤로 붙은 '병~신'이라는 욕은 빼고 다시 곱씹어 봤다. 형우는 내게 차별당하지 않으려면 자기를 이용하라고 했었다. 그동안은 그랬다. 형우 말대로 난 차별당하지 않기 위해 걔가 이상한 행동을 하는 걸 감수했었다. 내가 상실된 사람이란 생각과 열등하지 않다는 걸 나타내기 위해 오버했다. 내 존재가 하찮아 보여 무시

당할까 봐 두려워 한껏 내 안에 바람을 넣은 것이다. 형우의 힘을 빌려서 몸을 필요 이상으로 부풀리고 연대를 이뤄 주변에 겁을 주며 그렇게 나를 지키려 했었다. 그러니 어쩌면 나를 차별한 첫 번째 사람은 다른 누구도 아닌 바로 나 자신이란 생각이 들었다. 내가 먼저 장애라는 금을 긋고 나를 방어하기 위해 도움이나 혜택을 바란 것이다. 더 나아가 권력의 형태로 위세를 떨기도 하고.

난 깨달았다. 오늘 내가 왜 '모르는 사람의 느닷없는 파이팅'에 분개한 건지. 난 몸이 불편하지만 열등한 존재가 아니다. 그러니 아무 맥락이나 뜬금없이 동정받을 이유가 없는 거다. 정류장의 여자가 지나가는 아무나 잡고 '파이팅'을 외칠 리는 없을 테니까. 그들 안에도 장애는 열등하고 불쌍하고, 형우처럼 자신들 아래에 있는 존재라고 생각해서 그런 행동이 나온 것이다. 그러니 내가 기분 나쁜 건 당연하다. 우리는 나란히 선 채, 다른 모양새일 뿐이다. 세상 모든 사람이 각자의 모양새를 가진 것처럼 말이다. 앞으로는 나의 동등한 권리를 주장하면 될 것이다. 내 삶의 경계와 선은 분명하다. 하지만 적어도 그건 장애로 인한 선은 아니어야 한다.

토끼지 않습니다

인터폰을 연거푸 눌러도 대답이 없다. 과외 쌤은 핸드폰으로도 연락이 안 된다. 이런 경우 백 프로 내 잘못이 아니니 떳떳하게 집으로 가면 된다. 여긴 공동 현관조차 출입 불가라 마냥 기다릴 수도 없다. '개이득'이란 생각에 약간의 설렘이 들어찬다. 뭐, 와야 하니까 온 거지 어차피 학습 의욕이 넘쳐 온 것도 아니니까. 15초 후, 턴해서 버스 정류장으로 가는데 톡이 온다. 제길! 곧 도착하니 집에 들어가 있으라며 공동 현관 비번, 집 비번을 다 보냈다.

난 잠시 망설였다. '톡을 못 본 척하고 이미 버스를 탔다고 나중에 둘러댈까?' 아니, 다시 오라고 할 게 뻔하다. 알리바이를 꾸미기도 귀찮고 무엇보다 거짓말이 쉽게 먹히는 타입이 아니다. 숫자로 딱 떨어지는 수학을 가르치는 직업이라서 그런가? 뭐 하나 설렁설렁 넘어가는 게 없다. 숙제라도 안 해 가는 날엔 일정 시간 고문을 당할 걸 감수해야 한다. 학생이 숙제를 안 하는 이유가 뻔할 뻔 자인 걸 유치원생들도 다 알건만, 쌤이 납득할 만한 변명을 거짓으로라도 꼭 만들어야 한다. 솔직히 거기에 무슨 특별한 이유가 있겠냐 말이다.

'난 알고 싶어. 왜 안 했어?' '집에 무슨 일 있니? 아냐? 아닌데 왜?' '왜 하기가 싫을까?'

이런 종류의 질문을 거친 뒤, '해야 하는 것'과 '하기 싫은 것'이 내 인생을 어떻게 변화시킬 수 있는지에 대한 연설을 한바탕 들어야 한다. 게다가 한 귀로 듣고 한 귀로 흘리는 건 불가능하다. 왜냐, 들은 걸 내 입으로 반복하면서 나의 다짐이나 각오 같은 멘트를 넣어 마무리해야 하니까. 그래야 엄마한테 문자가 안 간다. 거의 취조 수준이랄까? 아무튼 이런 과정을 몇 번 겪다 보면 지긋지긋해져서 할 수 없이 숙제를 따박따박 하게 된다. 이게 일종의 과외 쌤만의 노하우다. 엄마들은 선생님의 이런 노하우를 높이 산다. 하지만 다른 것도 아니고 머리를 써서 하는 공부가 이런 방법으로 효과가 있을 리 없다. 강제로 하는 일엔 그에 걸맞은 최소한의 수확만 있을 뿐이란걸……. 다들 도통 모르는 것 같다.

비번을 누르고 집으로 들어갔다. 남의 빈집에 들어가 있자니 기분이 묘했다. 매번 수업 전에 앉던 거실 소파도 오늘따라 낯설다. 집주인이 없으니 이곳은 나와는 완벽하게 무관한 공간이다. 소파, 텔레비전, 식탁 등……. 눈에 보이는 모든 사물이 이물스럽다. 집 안에서 나는 한약 냄새도 견딜 수가 없다. 빨리 시간이 가길 바라는데 문자가 온다. 앞에서 사고가 났는지 차가 많이 막힌단다. 한 30분은 더 걸릴 것 같다며 먼저 문제를 풀고 있으라고 한다. 그러고는 미덥지 않았는지 뒤이어 전화가 온다. 하지만 난 씹는다. 전화로 노트를 폈는지 체크하고, 심지어 원격으로 문제 풀이까지 할 수도 있으니까. 이 시간은 온전히 내 시간인데 이마저도 장악하려 들 게 뻔하다. 완전 사양한다!

그때, 불현듯 희수 생각이 났다. 맞다! 신희수, 걔가 여기 산다고 했다. 유치원, 초등 동창이면서 어릴 적부터 날 줄기차게 좋아하는 애다. 하지만 나를 좋아한다면서도 절대 귀찮게 안한다. 사귀자거나 만나자거나 그러지 않는다. 물론 한두 번 나한테 거절당하고 그렇게 됐지만. 당연히 나는 내 스타일이 아니라서 거절했다. 그러자 걔가 쿨하게 말했다.

"좋아! 도다. 네가 원한다면 그냥 멀리서 좋아하기만 하지."

그게 좋아하는 사람이 해야 할 도리라나? 사실 내 이름은 '도다현'인데 나를 '도다'라고 부르는 이유도 거창하다. 희수 말로는 내가 도레미파솔라시도의 '도' 같은 존재라며. 도로 시작해서 도로 끝나는 계이름의 도. 그래서 도다란다.

"개뻥치시네."

코웃음 치는 내 말에 희수는 제법 진지한 척하며 말했다.

"네가 나를 알겠냐? 서로 다른 존재인데."

물론 존재의 차이는 인정한다. 하지만 신희수가 머리는 좋아도 애정 문제는 '뇌순남' 스타일이므로 뭘 모른다. 그러니 걔 말은 무지에서 비롯된 거짓이다. 멀리서 좋아하기만 하겠다고? 말도 안 된다. 그건 상대를 귀찮게 안 해도 될 만큼만 좋아하기 때문인 거다. 정말 좋아한다면 도리? 그딴 거 절대 안 따진다. 진짜 좋아한다면 수없이 화살을 쏘아 대고 들이대고, 상대가 반응을 안 하면 밤마다 괴로워 이불 킥을 하는 게 극히 정상적인 반응이다. 그러니까 사랑해서 헤어진다거나 너를 위해 놔주겠다는 등, 이딴 말도 다 헛소리라고 생각한다. 헤어질 수 있을 만큼만, 딱! 그만큼만 좋아하는 거다. 물론 이 얘기는 희수에게 하지 않았다. 혹여 내가 귀찮게 해 주길 바라는 것처럼 들릴까 봐서다. 무색, 무미, 무취의 사이랄 수 있는 우린 일주일에서 열흘 정도에 한 번씩 톡을 주고받는다. 주로 희수가 일방적으로 보낸다. 그렇다고 답을 구하는 내용도 아니다.

　―나 농구하고 집에 가는 길, 땀 냄새 존나 쩐다.

　―시내 왔는데 노는 애들 겁나 많네. 너도 쟤들 쫌 닮으면 좋을 텐데. 같이 놀게.

　―대학에 꼭 가야 하는 걸까? 대학이 내게 오면 안 되나?

　그냥 읽어 보고 '어쩌라고?' 그러면 된다. 스팸 문자만큼의 의도도 없다. 그리고 하나도 귀찮지 않다. 게다가 내 생일날이거나 아니면 자기가 내키는 아무 때나 선물도 보낸다. 선물이라고 해 봤자 전혀 부담스럽지 않다. 너무 부담스럽지 않아서 차라리 화가 날 정도다. 언젠가는 자기 문자 씹을 때 같이 씹으라며 껌을 봉투에 넣어 우리 학교 다니는 애를 통해 보낸 적도 있다. (마침, 졸려서 미칠 것 같을 때라 그 껌 요긴하게 잘 씹었지만.) 나는 희수와 적당한 거리를 두고 느슨한 관계를 유지하며 지낸다. 가끔 기분이 엿 같은 날이면, '열받아 미치겠어' 하며 하소연이 담긴 톡을 보내기도 한다. 그럼 토닥토닥하는 이모티콘을 보내온다. 받고 나면 손톱만큼은 기분이 업된다. 진짜 너무 추

울 때만 한 번씩 꺼내 신는 수면 양말 같은 친구랄까? 뭉근한
온기를 나눠 주는 맹숭맹숭한 그런 사이? 희수가 생각난 김에
톡을 보냈다.

—나 지금 네 머리통 아래 있어.

걔네 집은 35층이고 여긴 18층이니까.

—앗! 레알? 나 엘베 안인데.

—그럼, 오든지.

—가도 돼?

—쌤 올 때까지 잠깐 가능함.

이내 벨이 울렸고 서둘러 현관문을 열었다. 희수를 보는 건
한두 달 만인데 너무 변해서 하마터면 못 알아볼 뻔했다.

"너 뭐냐!"

"놀라긴?"

"모르는 사람인 줄?"

신희수가 대변신을 했다. 속마음이야 알 바 없지만 적어도 겉
으론 그랬다. 요새 록에 심취했다더니 그래서인가? 차림이 장
난 아니게 튄다. 까만 실크 남방에 허리가 잘록한 가죽 슈트를
입었다. 남방 깃에는 A4 용지 반 묶음은 한 번에 집을 수 있을
만큼 짱짱한 서류용 집게를 액세서리로 달았다. 머리는 펑크 밴

드 스타일로 왁스를 발라 정교하게 세우고, 귀 옆으로는 마치 구레나룻처럼 몇 가닥의 머리를 붙였다. 그리고 바지는 딱 달라붙는 스키니 진을 입었는데, 입은 다음에 꿰맨 게 아닐까 싶을 정도였다. 얼핏 보기에 화려한 수탉 같았다.

"닭이냐?"

내 말에 '꼬기오!' 하며 목청껏 외친다.

"살아 있는 닭은 처음인 듯!"

닭은 먹을 때 말고는 본 적이 별로 없으므로. 그것마저 완전 새롭다. 죽은 닭은 울지 않으니까.

"맘에 드냐?"

"뭐, 그럭저럭?"

닭 볏처럼 세운 머리카락 때문에 그렇게 보이는 거지, 사실 희수의 이목구비는 곰돌이 푸에 가깝다. 키는 크고 삐쩍 말랐지만 눈코입이 다 동글동글하다. 그뿐 아니라 성격도 행동거지도 모난 데라곤 찾아볼 수가 없는 스타일이다. 아니, 그동안은 그랬었다.

"도다, 심장이 막 요동치냐?"

"글쎄~ 그런 것도 같고……."

아닌 게 아니라 희수의 색다른 모습이 너무 신선했다. 마치 얼음을 깨어 물었을 때의 찌릿함마저도 느껴졌다. 희수에게 엉뚱한 구석이 있긴 했어도 오늘 같은 차림은 정말 의외다. 불과 얼마 전까지만 해도 폴로 티셔츠나 남방 같은 걸 입고 맨 위 첫 단추까지 잠그던 아이였다. 여름에는 반바지 밑에도 하얀 면양말을 꼭 신고, 머리도 길며 스타일이 항상 똑같은 데다 늘 단정하게 빗은 그대로라 오죽하면 가발이 아니냐고 잡아당겨 볼 정도였다. 고지식한 답답이였는데 갑자기 이런 변신을? 희수를 보는 것만으로도 재미나서 자꾸 보게 된다.

"우와, 어쩌다 이런 패션에 꽂힌 거야?"

"힘을 내는 중이라……."

"힘?"

"뭐든 하려면 힘이 들잖아? 씻고 먹고 놀고 이런 사소한 행동에도 힘이 들어가듯이, 이렇게 튀게 입고 다니려면 힘이 어마어마하게 들거든? 저항을 견디는 힘, 지금 그걸 키우는 중이야."

"뭔 소리?"

"집에서 배 터지게 먹는 욕도 버티고, 길거리 다닐 땐 사람들 시선도 이겨 내고, 내 외모에 선입견을 가진 편견도 개무시하고. 중력을 이기듯이 이런저런 저항을 밀어내는 힘을 만드느라……. 야~~~~얍!"

황당한 발상이지만 전후 맥락을 따지자니 이해가 갔다.

"헬스장에서 무거운 덤벨을 들면서 팔 힘을 기르듯이?"

"맞아!"

언젠가 바닷가 모래사장에서 큰 모래주머니를 발목에 묶고 달리던 운동선수들을 봤던 기억이 떠올랐다. 선수들은 기합을 내지르며 앞으로 힘겹게 달려갔다. 그 모습이 내 눈엔 아주 고독해 보였다. 그래서인지 아까는 솔직히 '짜식! 겉멋 제대로 들었군' 했는데 생각이 바뀌었다. 희수는 지금 자기와의 싸움을 하느라 엄청난 땀을 흘리며 애쓰는 중이었다. 새삼 기특하기도 하고 안쓰럽게도 보였다. 내가 늦은 밤에 잠과 싸우면서 문제집을 넘길 때, 거실에서 들려오는 텔레비전 소리와 가족들의 웃음소리를 견디고 공부할 때, 과외 가는 나만 두고 애들끼리 패스트푸드점으로 가는 걸 볼 때, 고독했던 기억이 있기에 희수의 말이 너무너무 이해가 됐다.

"색다른 방법이지만 뭐! 일리는 있네. 그래서 힘이 생겼어?"

"어. 일단 개기는 힘이 생겼지."

"오오오~ 개긴다고? 제법인데? 너 항상 미리 알아서 기는 스타일이었는데. 너, 기억나냐? 유치원에서 색칠할 때도 선 밖으로 크레파스가 나가는 걸 유난히 못 참았어. 내가 나뭇잎을 파란색으로 칠했다고 그걸 굳이 굳이 다시 초록으로 칠하라고 우기던 미친놈이었는데."

내 말에 '피식!' 웃는 희수. 원인 없는 결과가 없듯이 저런 변화를 겪을 때는 뭔 일이 있었던 게 뻔하지만, 더 묻지는 않고 넘겼다.

솔직히 톡 까놓고 다시 말하자면 신희수, 쟤는 하지 말라는 일은 절대 안 하는 답답이 스타일이어서 짜증 제대로 돋게 하는 애였다. 아이큐가 높아 학교에서 주목받고 비정상적인 점수로 수학 과학 영재란 소리를 듣긴 했지만, 그거야 내 시점에서는 별 의미 없는 일이고 그저 답답이일 뿐이었다. 그중에서도 신희수가 최고로 밥맛이었던 기억은 6학년 때다. 종례 직전 담임 쌤 오기 전까지만 책상 뒤로 밀고 말뚝박기하자는데 굳이 혼자 책상 지키고 버티는 바람에 애들한테 욕을 엄청 먹었다. 그때 진짜 재수 없었는데, 이제는 개기기도 한다니 나로서는 희수가 대견하기까지 하다. 아무튼 오래 살고 볼 일이었다.

"도다, 너 쌤 기다려야 함?"

"아마도 그래야겠지?"

"30분이나 늦는다며…… 기어코 과외를 한대?"

"세상이 쪼개지지 않는 한 악착같이 하는 스타일이야."

"그건 쌤 스타일이고…… 우리는…… 우리 스타일이 있는데."

"어?"

"너한테도 선택권은 있어."

'선택권'이란 단어 하나에 내 마음이 들썩이기 시작했다. 아니, 쩌~억 하고 금 가는 소리가 들리는 것 같았다. 그도 그럴 것이 난 희수의 '힘'에 이미 충분히 자극받은 상태였다.

"오~~홍, 나한테 있다고?"

"응, 거기, 주머니 속."

그러고는 내 겉옷 주머니에서 뭔가를 꺼내 손에 쥐여 주는 시늉을 하면서 천연덕스럽게 말했다.

"네가 원하는 걸 결정해. 네 의지와 상관없이 끌려갈 생각이 아니라면 말이야."

난 내 빈손을 들여다봤다. 마치 진짜 뭔가가 있다는 듯이 자세히. 그리고 희수를 보며 입을 열었다.

"좋아. 선택하겠어. 나가자!"

이 권리를 선택하지 않는다면 난 그냥 어딘가로 끌려가는 게 되는 거란 생각이 들었다. 그건 원치 않는 바다. 크레파스가 선 밖으로 나가지 않도록 아등바등하던 애도 저렇게 용기를 낸다는데…… 내 자존심의 깃을 한껏 세우고 싶은 기분이 들었다고 나 할까?

"좋아. 희수 너도 개긴다는데, 나도 개겨 보지 뭐!"

물론 약간의 현실적인 걱정이 내 뒷덜미를 잡긴 했다. 이 상황을 엄마가 이해할 리 절대 없을 테니까. '무슨 봉창 두들기는 소리야?'라며 발끈할 거다. 하지만, 그러거나 말거나 난 그 순간 확신에 차 있었다.

'나도 내 시간을 선택할 권리가 있다!'

엘리베이터를 타자마자 지하 1층을 누르는 희수에게 어디 가냐고 묻지 않았다. 난 끌려가는 게 아니라 나의 선택으로 나가는 거니까. 힘내느라 애쓰는 놈, 믿어 주자. 그런 누나 같은 마음이랄까? 그러다 핸드폰을 만지작거리는 희수의 뒷모습을 보면서 색다른 감정도 느꼈다. 그건 희수에 대한 무한 신뢰 같은 거였다. '뭐지? 이 뜬금없는 감정은?' '대체 이 신뢰감은 왜 생기는 거지? 무슨 시추에이션?' 당황스러웠지만 내 감정의 출처를 찾을 여유가 없었다. 지하 주차장 안쪽을 향해 넓은 보폭으로 저벅저벅 걷는 희수를 뒤에서 쫑쫑 따라가기도 바빴으니까. 잠시 뒤, 초록색 비상구 유도등이 보이기에 난 말했다.

"저쪽이 출구인데?"

하지만 희수는 반대쪽으로 몸을 틀며 터프하게 답했다.

"따라와! 잼나게 해 줄게. 몸속에 있는 실핏줄이 다 간질간질 해질걸?"

핏줄이 간질간질해지는 건 어떤 상태일까? 궁금하긴 했다. 예전 같으면 "야! 뚜벅이 주제에 주차장은 왜 가냐?" 이러면서 면박부터 줬을 텐데 그냥 순순히 따라갔다. 무턱대고 희수를 판단하지 말고 믿어 주자며. 하긴 살면서 나한테 '따라와!' 이런 말을 한 남자애는 얘가 처음인 듯? 그 말이 주는 분위기와 일방적인 행동에 묘한 기분이 들었다.

희수가 멈춘 곳은 주차장 구석이었다. 거기에는 한눈에 보기에도 근사한 오토바이가 있었다. 오토바이는 몸체 금속 부분이 유난히 단단해 보였고 의연하게 어깨를 벌리고 있는 듯한 손잡이 부분 자태는 영양 상태가 좋은 아이 같았다. 게다가 금속은 광택이 심상치 않게 나는 게 주인의 사랑마저도 듬뿍 받은 걸로 보였다. 더할 나위 없이 완벽한 오토바이다. 물론 난 오토바이에 대해 아는 게 없어서 그 이상은 아는 체할 수도 없지만.

"사촌 형 건데 우리 집에 두고 갔거든."

이제야 알 것 같았다. 희수의 복장이 바이커 차림이란걸.

"호랑이한테 고기를 맡겼군."

희수는 싸아악 하고 피부가 밀리는 듯한 미소를 천천히 지어 보이며 말했다.

"그 정도 상상력은 있는 형이야."

"설마, 날 재밌게 해 준다는 게?"

"왜, 싫어?"

"이런!"

"시승 실시!"

이전 같으면 여지없이 '노!' 했을 일이건만, 아니 거부는 물론 욕까지 바글바글 뱉어 냈을지도 모른다. 하지만 왠지 이 대목에서 오토바이 시승은 너무 자연스러운 일처럼 여겨졌다. 신기한 일이다. 난 스피드를 즐기는 타입도 아닌 데다 오히려 오토바이의 다소 폭력적인 굉음을 혐오하는 편이다. 사람들을 놀라게 하는 예의 없는 탈것이니까. 그리고 오토바이를 타는 아이들도 결코 좋게 보지 않았다. 고딩이라면 대부분의 아이들이 면허 없이 타는 불량한 경우고 또 뒷좌석에 매달려 가는 애들 역시 허세 쩌는 꼴통으로 보였다. '나 선 넘을 줄 알거든?' 이런 유치한 자랑질을 하는 걸로 보인달까? 하지만 어이없게도 지금은 그런 생각이 하나도 안 든다. 표리부동한 나에 대한 회의감조차 없다. 그냥 오늘의 정해진 스케줄대로 움직이는 것 같았다.

더욱이 이것 역시 희수가 말하는 '힘을 내기 위한 일' 중 하나라고 생각하면 나 역시 기꺼이 동참해야지 싶었다. 어차피 이왕에 시작한 일이었다. 내 의지대로 시간을 쓰겠다는 선택권도 손에 쥐었다. 그러니 와이 낫?

   희수가 건네는 헬멧을 썼다. 그러고는 5년째 타는 내 파란 고물 자전거에 앉듯이 가볍게 오토바이에 올라 희수의 허리를 부둥켜안았다. 오토바이는 내가 타기 무섭게 굉음을 내며 몸을 떨었다.

"부르릉."

   이글거리는 야성의 촉감이 몸으로 전해졌다. 그런 다음 튕겨나가듯 출발해 질주하기 시작했다.

   오토바이는 주차장의 어둠을 벗어나 햇살 아래로 나섰다. 영화관의 어둠 속 스크린이 순식간에 확 커진 것 같았다. 아니, 비현실적인 장면 속으로 내가 들어간 것 같았다. 마치 내 인생의 터닝 포인트가 혹시 이 지점이 아닐까 하는 착각도 들었다. 내가 두 발로 타박타박 우직하게 걷던 거리가 순식간에 뒤로 밀려 나가며 세상 모든 게 나의 배경 화면에 불과한 무엇이 되는 듯도 했다. 난 주인공이고 나를 따르는 건 머리 위의 파란 하늘뿐이었다. 눈이 시리게 파란 하늘, 새하얀 구름, 내 얼굴을 훑고 가는 시원한 바람과 지축을 흔드는 오토바이 굉음, 목울대를 세차게 치고 올라오는 탄성 그리고 입안에 고이는 통쾌함의 맛까지. 희수가 왜 실핏줄이 간질간질해질 거라고 말했는지 알 것 같았다. 모처럼 내 안의 오감이 동시다발적으로 제 기능을 하고 있었으니까. 국어 시간에 배운 '공감각적'이란 게 바로 이런 거구나 싶었다. 형광펜으로 책 위에 줄 긋기만 하는 게 무슨 의미가 있을까. 이렇게 체험해 봐야 제대로 아는 거 아닌가?

도로를 달리다 사거리에서 신호 대기를 하는데 옆 차선의 차가 방정맞게 경적을 울렸다.

"빵-빵-빵-빵."

고개를 돌려 보니 '오 마이 갓!' 과외 쌤이었다. 차창 밖으로 고개를 내밀고 우리를 향해 악다구니를 치고 있었다.

"야! 도다현! 미쳤어? 내려, 내리라고, 당장 내려!"

원수는 외나무다리에서 만난다더니……. 하필, 여기서 마주칠 게 뭐람? 나도 놀랐지만 쌤도 심하게 놀란 눈치였다. 별로 흥분하는 스타일이 아니었는데 평상시와 완전히 달랐다. 나로서는 단정하게 인사하기도 그렇고, 안 하기도 어정쩡해 머뭇거렸다.

이내 신호가 바뀌었고, 우리는 오토바이답게 제일 먼저 앞으로 튕겨 나갔다. 나는 '먼저 가요'라는 의미로 손을 뒤로 흔들긴 했다. 그냥 내빼는 걸로 오해할까 봐서다. 우리는 지금 토끼는 게 아니라 정당하게 달리는 중이었으니까.

도로가 끝나는 지점에서 오토바이가 턴을 했고, 우리는 잠깐 길에 내렸다. 땅에 발을 딛고 서자 신기하게도 조금 전에 내가 누렸던 느낌들이 거짓말같이 느껴졌다. 허무함으로 배가 고플 지경이었다. 호박 마차에서 내린 신데렐라도 이런 기분이었을까? 쌤을 마주치지만 않았어도 기분이 이렇게 확 달라지지는 않았을 텐데……. 억울했다. 하지만 이미 벌어진 일이었다. 겉옷에 넣어둔 핸드폰이 진동으로 미친 듯이 들썩이고 있었다. 주머니에 손을 뻗으니 오래도록 징징거린 뒤라 핸드폰이 뜨거웠다. 보나 마나 과외 쌤일 게 뻔해서 무시하려는데 이번엔 문자가 왔다. 문자는 뒤늦게 답할 수 있으니 편하게 열어 봤다.

―좋은 말할 때 와. 어머니보다 네가 오는 게 낫겠지?

문자의 내용은 예측한 대로 과외 쌤이다. 예상은 했지만 막상 보니 기분 완전 잡친다. 그래서 아예 핸드폰을 꺼 버리고 가방 속에 처넣는다. 평소에는 애지중지하지만, 이 순간에는 나를 구속하는 올가미에 불과하므로 과감하게 팽개친다. 단호한 자세로 가방 지퍼를 잠그고 패대기치는 나를 보며 희수가 물었다.

"오래?"

"어."

"가려고?"

"원래대로라면 가는 게 정답인데."

"인생에는 원래도 없고 정답도 없어."

그러게. 그러고 보니 나도 항상 정답을 찾아 헤맸던 것 같다.

"맞아! 네 말대로 내 주머니에 선택권이 있다고 생각하니……
가지 말아야겠어."

빈 주머니에 손을 넣고 주먹을 꽉 쥐어 본다. 손톱으로 손바
닥을 세게 누르면서 결의를 다진다. '내 선택권을 놓지 않겠어!'
없는 걸 찾아 헤매는 것보다 무언가를 지키겠다는 투지는 사
람의 보호 본능을 자극해서 생각보다 강렬하다. 분명 선택권이
내게 있다고 했으니까.

난 바닥에서 조그만 돌을 하나 냉큼 주웠다. 뭔가 빈손이 허
전해서 실체감 있는 걸 갖고 싶었다.

"자! 지금부터 이게 내 선택권이야."

그러자 희수가 씨이익 웃으며 돌을 빼앗아 자기 바지에 열심
히 문질러 닦아 다시 내게 쥐여 준다. 방금 전보다 빛나고 소

중하고 가치 있는 돌이 되었다. 무엇이든 존중받으면 빛이 나기 마련이니까. '그래, 이건 더 이상 돌이 아닌 거지.' 마음이 뿌듯해졌다. 그래서 우리는 기죽지 않고, '정답 찾기'도 무시한 채, 나의 선택만이 답이란 생각으로 움직였다.

오토바이로 한 블록을 더 가서 시장 입구에서 파는 볶음 순대를 배불리 먹었다. 순대에 고소한 깻잎과 바삭한 양배추, 부드러운 양파가 잘 어우러지는 맛이 좋았다.

"오~ 떡볶이 없는 순대도 괜찮은데?"

"그치?"

"항상 떡볶이가 주인공 같고 순대는 늘 거드는 애 같았는데, 순대도 이렇게 주인공이 되나요?"

"같은 하늘 아래 주인공 아닌 게 어디 있어? 자기 시점에서는 누구나 주인공이지."

"와우~ 그 말 멋진데?"

"너 이거 처음 먹어 보냐?"

"어. 이래서 다양한 걸 겪어 봐야 한다는 건가 봐."

"순대 먹으면서 교훈도 찾고, 도다! 아주 바람직해~"

"내가 원래 그런 앤데……. 근데, 어른이 애들 상대로 협박하는 건 좀 아니지 않냐?"

"왜?"

"과외 쌤 말이야, 아까 문자에 좋은 말할 때 오라며 엄마가 오는 것보다 낫지 않느냐고 썼더라고. 그거 협박이잖아. 안 그러냐?"

"어떤 버튼을 눌러야 네가 작동되는지를 아는 거지."

"그런데 치사한 건 어차피 엄마한테 이를 거란 거지. 수업 째고 남자애 등 뒤에 매달려서 오토바이 탄 얘기를 안 하겠어? 입이 근질근질할 텐데……. 어쩌면 과외 쌤이 맡은 학생 학부모들도 다 알게 될걸? 아니, 오토바이라뇨! 이러면서."

희수 앞에서는 나름대로 호기 있게 과외 쌤 뒷담화를 했지만, 내가 한 말이 곧 현실이 될 거란 생각을 하니 두려움이 싹을 틔우기 시작한다. 검은 그림자 같은 두려움은 밀어낼 틈도 없이 쓱 하며 다가선다. 그러고는 내 존재를 덥석 집어삼킨다. 그걸 알지만 애써 모르는 척하고, 다시 오토바이에 올라 희수 등 뒤에 매달려 집 쪽으로 갔다.

오토바이에서 내려 땅에 착지할 때까지 전혀 몰랐는데, 희수가 내 눈에서 사라지는 순간 다시 두려움이 덮치기 시작했다. 마치 꿈에서 방금 깬 기분이 들었고 현타가 제대로 와서 핸드폰을 꺼내 보지 않을 수 없었다. 부재중 전화가 스무 통이나 왔었다. 과외 쌤과 친구들 몇몇이었다. 엄마에게 온 게 없는 걸로 봐서 다행히 과외 쌤이 고자질하기 전인 것 같았다. 나도 모르게 안도의 한숨을 쉬었다. 하늘은 이제 푸르뎅뎅하기 시작했고, 거리에 가로등이 켜지는 시간. 고개를 돌려 길 건너편을 봤다. 나는 버스에서 내리면 본능적으로 고개를 왼쪽으로 돌렸다. '24시간 아라 추어탕' 간판에도 불이 들어와 있었다.

아라는 동갑내기 사촌 이름이다. 아라 추어탕 가게에서는 아라의 엄마, 아빠인 외숙모와 외삼촌 그리고 엄마가 일을 한다. 엄마 표현대로 말하자면 우리 가족의 생계가 달린 곳이다. 생계란 표현은 왠지 너무 절박하게 느껴져서 싫다고 하면 엄마는 더 나아가서 콕 집어 말한다. '네 과외비와 학원비가 나오는 곳'이라고. 그리고 내가 형편없는 성적표를 가져오는 날에는 이렇게도 말한다. 아라 추어탕이 너의 첫 직장이 될 수 있다고.

순간 추어탕 가게 간판 아래로 바쁘게 움직이는 엄마의 모습이 보였다. 문득 나에게 선택권이 있다고 생각했던 게 후회 됐다. 아차! 하는 순간, 내 스스로 발등을 찍은 거란 자책감도 들었다. 이상은 멀고 현실은 코앞에 있는 건데…… 희수를 괜히 만났다는 원망도 했다. 난 바로 몸을 틀어 반대편 버스 정류장

쪽으로 길을 건넜다. 과외 쌤에게는 전화를 해서 지금 가겠다고 말했다.

뭐, 큰 기대를 한 건 아니다. 그래도 뭐든 해야 할 것 같았으니까. 엄마에게 말하지 말아 달라는 게 나의 궁극적인 용건이지만, 일단은 잘못했다고 시작해야 했다. 교무실에 들어갈 때 무조건 고개를 꾸벅이는 게 순서이듯이.

"죄송해요."

"뭐가?"

과외 쌤은 언제나처럼 큰 그물을 치고 그 안에 갇힌 포획물의 목을 서서히 조르기 시작했다. 차라리 단도직입적으로 잘못한 부분을 콕 집어 야단쳐 주면 좋으련만. 길고 지루하고 고통스러운 시간이 될 것 같아 오금이 저렸다. 하지만 내 머릿속에는 아라 추어탕 간판이 처연하게 떠 있어서 참고 견뎌야 했다.

"도다현, 네 입으로 다 이야기했으면 좋겠어. 솔직하게."

"뭘요?"

"그게 뭐든지……. 네가 켕기는 부분은 다."

솔직히 켕기는 건 없다. 분명히. 오토바이를 탔단 사실 자체는 죄가 될 수 있겠지만(희수가 무면허일 확률이 높으니까), 과외 쌤에게 잘못한 일은 없다. 우리 엄마야 '위험하게 그게 뭐냐' '볼썽사납게 남자애 뒤에 매달려 뭐 하는 짓이냐' 하는 소리를 하겠지만, 내가 수업 시간 중간에 뛰쳐나간 것도 아니고, 선생님이 안 와서 나간 건데 뭐가 어떻다고? 과외 쌤한테 '그런 거 없는데요?'라고 하고 싶었지만, 불손함은 화를 부를 테니 조심스럽게 말을 이었다.

"수업을 빠진 거…… 오토바이 탄 거……."

"그게 전부?"

쌤은 그게 전부일 리 없다는 듯 훑듯이 바라본다. 이렇게 죄인 취급당하는 게 화가 난다.

"핸드폰 줘 봐!"

수업 중도 아닌데 남의 핸드폰을 일방적으로 갈취하듯이 달라는 건 옳지 못한 일이다. 선생님이 아니라 그 누구라 해도. 난 차분하게 말했다.

"그냥, 궁금하신 거 물어보세요."

"여기서 네가 걔를 불러들인 거지?"

"네."

"왜?"

"걔는…… 내 친구라."

"그 양아치랑 혹시 사귀는 사이니?"

그럴 줄 알았다. 눈에 보이는 게 전부라고 생각하는 어른이 많다. 언젠가 엄마도 그랬다. 우리 식당에 추어탕 사러 심부름 온 곽하나를 보고 저런 애랑 절대 놀지 말라고 했다. 머리 염색에 교복 치마 줄여 입고 발목 아래 타투까지 했다는 이유로. 하나와 대화해 본 적도 없으면서, 멀리 주방에서 보기만 해 놓고 말이다. 엄마는 '딱 보면 다 안다'며 혀를 찼다. 그러면서 사람은 살아온 게 몸에 차곡차곡 쌓이고 누적되어서 급기야는 얼굴에까지 다 드러난다나? 옆에서 외숙모도 말을 보탰다. 어른 말들으라며, 괜히 어른인 줄 아느냐면서, 꽃길로만 가도 살기 힘든 세상인데 저런 애랑 놀다 보면 네 인생 꼬인다며 조심하라고 했다. 정말 입이 안 다물어지는 전개였다.

"엄마, 하나 쟤가 패션디자이너가 꿈이야."

"디자이너는 개뿔? 공부는 죽어도 하기 싫고 멋 내기 좋아하는 애들이 들먹이는 게 디자이너 아니니?"

평상시 문과는 로스쿨, 이과는 의대만 최고로 치는 두 분의 뻔한 속내가 보여 진짜 어처구니없었다. 속이 뒤틀렸다. '쟤네 엄마도 식당 집 딸이랑 놀지 말라고 할걸?' 이런 말로 찬물을 확! 뿌리고 싶었지만 꾹 참았다. 말로 뱉으면 엄마나 외숙모는 물론 나까지 자존심 상할 거 같아서다. 두 분의 저런 논리가 정말 별로지만 나 역시 우리 집이 식당 하는 게 싫은 건 마찬가지다. 물론 살아온 게 사람 얼굴에 드러난다는 말은 일리가 있을 수 있다. 하지만 그건 어른의 경우이고, 아직 한참 자라나는 우리는 이렇게 저렇게 변하는 중이니까. 속단하면 안 된다고 생각한다. 오늘의 희수처럼 힘을 내기 위해서 특이한 차림을 하기도 하니까. 하지만 어른들은 그걸 못 참는다. 눈에 보이는 걸로 가늠한다. 그중에서도 어른들이 제일 신뢰하는 게 성적이다.

"그 친구 양아치 아닌데요?"

솔직히 희수는 공부를 잘한다. 성적이 모범생을 가늠하는 기준이라면 걘 확실한 모범생이다. 전교 순위를 오르내리는 애니까. 이 대목에서 KMC 은상 수상 경력을 꺼내면, 이야기는 간단하게 마무리될지도 모른다. 하지만 그러고 싶지 않다. 너무 유치한 대응이니까.

"문제는 주인도 없는 이 집에서 하필이면 걔를 왜 불렀냐는 거지."

"네?"

설마 하는 마음에 되물었다.

"방에 들어갔었니?"

"아니요."

펄쩍 뛰었다. 대체 무슨 소리지?

"안방에도?"

더 이상 대꾸하고 싶지 않았다.

"너…… 전화 왜 안 받은 건데? 여기 안 들어온 척하려고?"

"그게 아니라……."

"안방 문이 열려 있더라고. 아무래도 어머니가 아시는 게 나을 거 같다."

난 기가 막혀서 핏대를 세우며 소리쳤다.

"우린 금방 나갔고, 걔 양아치 아니라고요! 대체 뭘 상상하시는 거예요?"

"상상이 아니라, 사실에 근거해서 있을 법한 일을 알리는 게, 그게 어른의 할 일이야."

"그러게요, 그런 불순한 상상은 어른만 한다니까요?"라고 하며 뭐 눈엔 뭐만 보이냐고 따지고 싶었지만, 우회적으로 말했다. 뭐, 어차피 어른 앞에서 우린 약자니까.

"선생님, 걔요. 진짜 모범생이라니까요."

"다현, 그게 중요한 게 아니야."

거짓말! 사실은 그게 제일 중요한 거면서. 희수가 불량해 보이지 않았다면, 오토바이를 안 탔다면, 저렇게 막 나가는 의심은 하지 않았으리라.

마침내 과외 쌤은 내 앞에서 엄마에게 전화했다. 다행히도 엄마는 한창 바쁠 시간이라 그런지 받지 않았다. 결국 내가 엄마를 모시고 오겠다고 약속하고 과외 쌤 집을 나왔다. 다리에 힘이 풀려 간신히 걸으며.

추어탕 가게에 들어서기 무섭게 엄마는 나를 잡아끌고 주방으로 갔다. 그러더니 다짜고짜 등짝을 팼다. 그새 쌤과 통화를 했으리라. 해명을 하려는데 엄마가 입 다물라고 한다.

"창피한 줄 알아야지. 뭐 좋은 이야기라고."

아마 옆에 아라 엄마인 외숙모가 있어서 그랬으리라. 아라가 공부 잘하는 애들이 가는 기숙형 특목고로 간 뒤로 엄마는 항상 외숙모를 의식한다. 아니, 그게 아니라고 해도 어차피 엄마는 내 이야기를 잘 안 듣는다. 엄마는 평상시에는 바빠서 귀가 닫혀 있고 이렇게 화가 났을 땐 화가 나서 또 내 말을 잘랐다.

그러더니 다짜고짜 내 손을 잡고 과외 쌤한테 가자고 했다.

"아, 또! 뭐 하러! 통화했다면서."

내가 툴툴대도 엄마는 대꾸 없이 막무가내로 나를 밀었다. 텅 빈 마을버스에 나란히 앉았어도 내 말을 들어 볼 생각조차 없는 듯했다. 그저 옆에서 인상을 한껏 구긴 채, 씩씩거리며 정신없이 식당 배달 후기에 댓글 다느라고 바빴다. 요즘엔 음식 맛 못지않게 댓글 관리가 중요하기 때문이다. 엄마 손가락이 핸드폰 위에서 언제나처럼 바쁘게 춤을 췄다. 그 모습을 보는데 갑자기 눈물이 났다. 분하고 억울한 마음이 뒤섞여 복잡했다. 엄마는 훌쩍이는 나를 보더니 한마디 했다.

"울 일을 왜 만들어? 너, 바보야?"

"억울해, 억울하다고."

엄마는 역시 들을 귀가 없었다. 사람이 억울하다는데 '뭐가 억울하냐?' 정도는 물어봐야 하는 거 아닌가? 내가 외국어를 한 것도 아닌데……. 서운했지만 생계를 위한 손가락 춤으로 바쁜 엄마에게 차마 더 따지고 들 염치가 없었다.

"뭘 또 가냐고! 학교도 아니잖아. 반성문을 쓸 것도 아니고."

나의 투덜거림에 엄마도 혼잣말하듯 말한다.

"으휴, 대기 타다가 간신히 들어간 과외구만. 아주 복을 발로 차요. 그 자리가 어떤 자리인데……."

애초부터 이 수학 과외는 안 한다고 했었다. 기존에 하는 애들과의 수준 차이가 커서 몇 달은 나 혼자 수업해야 했다. 그렇게 되면 과외비가 너무 비쌌으니까. 그렇게 독과외를 하다 애들하고 합반한 뒤에는 내 실력으로 따라가기 벅찰 게 뻔했다. 그리고 무엇보다도 난 이과로 대학을 갈 자신이 도저히 없어서 더더욱 안 하고 싶었다. 그랬는데도 엄마가 기를 쓰고 아라 친구 엄마한테 부탁해서 자리를 얻었다. 그때부터 엄마의 잔소리 노랫가락은 시작되었다. 난 그 노래에 '본전 생각'이라는 제목을 붙였다. 엄마는 간신히 얻은 자리를 왜 싫다는 거냐며 배부른 투정하지 말라고 화를 냈다. 내가 마지못해 다니기 시작하면서부터는 비싼 과외비 값을 못 한다고 또 화를 냈다.

과외에 늦으면 분당 얼마짜리 수업인데 늦냐며 혼났고, 생리통 때문에 다음으로 미뤘다고 하면 과외 대기자가 얼마나 많은데 네 맘대로 미루냐며 또 혼났다. 아무튼 그 비싼 과외를 시작한 뒤로는 엄마가 나를 혼내지 않아도 항상 혼나는 기분으로 살아야 했다. 엄마가 몸살이 나도 나 때문인 것 같고 엄마가 졸린 눈을 간신히 뜨면서 후기에 댓글 쓰는 걸 봐도 내 탓 같았다. 거기에 아빠가 돌아가신 지 오래되었어도 재혼은 생각조차 못 하는 것까지. 이것저것 엄마의 삶에 드리워진 그늘은 온통

나 때문인 것 같아 마음이 불편했다.

그러니 난 의대가 아니면 약대나 공대라도 가야 한다. 그래서 엄마에 대한 죄책감을 씻을 수 있다는 마음으로 수학 과외를 다녔다. 이과 수학이 너무 어려워서 토가 날 지경이어도, 이 길이 내 길이 아닌 게 분명한 것 같아도 달렸다. 안 될 거 뻔히 아는데도 과외를 한다는 이유만으로 명문대의 반열에 선 것 같다는 착각이 때로는 위로가 됐다. 여기라도 다니고 있어야 엄마가 외숙모에게 기죽지 않을 것 같았다. 그리고 나 역시 아이들 앞에서 '뽀대'가 났으니까.

실제로 반장 미주가 눈을 동그랗게 뜨고, "너 그 과외 해?" 할 때 기분이 괜찮았다. 그래서 달렸다. 토끼인 것처럼. 토끼여야 한다는 마음으로. 결정적인 이유는 이 길이 아니면 그리고 내가 토끼가 아니면 엄마에게 진 빚을 갚을 수 없을 것 같았다. 아라가 방학 때 집에 와서 모의고사 성적표를 들고 설레발칠 때, 그 모습을 보면서 부러워하는 엄마를 보며 난 또다시 토끼여야 한다고 다짐했었다. 가끔씩 낮잠을 자기는 했어도 깨면 또 뛰었다. 그렇게 애썼는데 하필 이런 일로 엄마와 과외 쌤의 집까지 가게 되다니.

쌤이 공동 현관문을 열어 줬다. 엄마가 입구에서 나에게 으름 장을 놓았다.

"너 개기지 마!"

엄마의 눈동자가 유난히 희번덕거려 공포스러웠지만 억울한 마음이 극도로 치솟아 참을 수 없었다.

"씨, 내가 뭘 어쨌다고 오라는 거야? 쌤이 늦어서 나간 건데 왜 날 잡아? 사람이 오토바이도 못 타?"

"그만그만! 됐고! 이유 막론하고 낮은 자세, 알았지?"

엄마 말을 듣는 순간 더 황당했다. 시시비비를 가릴 일도 없 고 이유 따위는 하나도 중요하지 않다는 뜻이니까.

"아휴, 선생님. 죄송합니다."

엄마는 쌤의 집에 들어서자마자 허리부터 접어 낮은 자세가 무엇인지 내게 보여 줬다. 머리가 띵 할 정도로 당황스러웠다. 엄마는 매사 돌직구 스타일이다. 심지어 가게에 오는 손님들한 테도 할 말 다 한다. 물론 기본적으로 친절하고 댓글도 최대한 싹싹하게 단다. 대신 어이없이 갑질한다거나 상식에 어긋나는 행동을 하는 사람에게는 그야말로 얄짤없다. "오지 말라 그래, 그딴 인간 안 와도 우리 안 굶어." 외숙모와 외삼촌은 늘 그게 불만이었다. 그런데 그런 엄마가 느닷없는 비굴 모드라니. 사회

인으로서 예우를 갖추는 차원의 공손이 아니었다. 이건 절대 비굴에 가까웠다. 애 맡겨 놓고 인사도 없었다는 둥, 집의 인테리어가 예사롭지 않다는 둥, 급기야는 과외 쌤 외모 예찬까지 곁들였다. '딸랑딸랑' 종소리가 하염없이 울리자, 그런 말을 듣는 쌤도 기분이 나쁘진 않은 눈치였다.

"제가 알아보니 어머님 말씀대로 희수라는 학생이 여기 102동에 살더라고요. 아유! 배달하는 애인가 했는데, 공부도 곧잘 하고요. 아, 오토바이 면허도 있다네요. 부모님이 보험도 들어줬다니…… 걱정은 안 하셔도……."

난 속으로 주억거렸다. '걱정한 사람은 없었고 의심한 사람만 있었죠.' 이럴 줄 알았다. 곧잘 하는 공부가 다 해결할 거란 걸. 이후로도 두 분은 아무 의미 없는 호의를 주고받더니 급기야 결론처럼 엄마가 말했다.

"그럼, 우리 다현이 다음 달부터 애들하고 합반하는 건가요?"

사실 그 대답은 내가 할 수 있었다. 어림도 없습니다. 뱁새가 황새 따라가면 가랑이가 찢어진다는 말을 처절하게 실감 중인데, 왜 난 엄마에게 헛된 희망을 줘서 저런 질문을 하게 했을까. 자괴감으로 마음이 너무 아팠다. 뼈저린 현타를 느꼈다.

"아니, 다현이가 아직은 부족해서……."

그런데 엄마는 실망하는 기색 하나 없이 빵긋 웃었다.

"아, 그렇군요. 선생님. 우리 다현이 잘 부탁드릴게요."

"아, 네."

난 깨달았다. 엄마가 '이유를 막론하고 낮은 자세'를 하라던 까닭을. 내가 잘못한 게 있든 없든 상관없이 과외에서 잘릴까 봐 그랬던 거다.

그때였다. 엄마 폰에서 '요기요' 소리가 연거푸 울리기 시작했다. 주문 오는 소리였다. 엄마가 개발한 신메뉴 추어튀김매콤무침이 안줏거리로 인기를 얻으면서 밤이 되면 주문이 발작처럼 밀려왔다.

'요기요기요기요기요……'

방정맞게 울리는 핸드폰을 무음으로 하려고 허겁지겁 만지는 엄마에게 과외 쌤이 말했다.

"어머님은 바쁘실 테니 가 보시고. 다현이는 기왕 온 김에 오늘 기출 뽑아 놓은 거 풀고 가라 할게요."

"아~~~네네네네."

세상을 다 가진 듯이 환하게 웃는 엄마. 또다시 허리를 깊숙하게 숙여 인사하고는 먼저 나갔다.

서재 가운데 놓인 좌식 책상 위에 문제지와 샤프를 올려놓고 나가 버린 과외 쌤. 나는 수학 문제와 마주 앉아 맞짱 뜨는 고독한 시간을 가졌다. 얼핏 기출문제들을 보니 역시 예상대로 적수가 안 되는 선수가 출전했다. 헤비급 대 라이트급이랄까? 솔직히 그동안에는 수학 좀 하는 척을 하려고 미리 답지도 봤다. 답을 알고 푸는 문제는 할 만했으니까. 게다가 같은 과외 다니는 애한테 문제를 미리 받기도 했다. 이 과외를 다니기 위해 편법으로 간신히 연명해 온 거라고 볼 수 있다.

난 문제를 풀기 위해 펜 대신 머리를 굴리기 시작했다. 엄마에게 안겨 준 헛된 희망을 거둬야 한다는 사명감으로. 비굴함에 더 이상 발목이 잡히지 않게 해야 한다. 지금은 문제를 풀 것이 아니라 내 삶의 목차를 들여다봐야 하는 시간이었다.

나는 의사, 약사 그 무엇도 되고 싶지 않다. 그동안은 돈이 된다거나 남들이 좋다고 하거나 혹은 현실이 그걸 해야 잘 먹고 잘살 수 있다고 하니, 그리고 무엇보다 엄마가 좋아해서 하는 척, 토끼처럼 뛰었다. 하지만 가고 싶은 곳도 없고 어디로 가야 할지도 모르는 토끼가 뒷다리 근육만 믿고 팔짝팔짝 좌충우돌 뛰는 건 완전 무모하다는 생각이 들었다. 아니, 무모 정도가 아니라 죽음이다. 동서남북도 모르고 뛰는 토끼는 온전한 달리기를 할 리가 없다. 허세로 뛰다 절벽에서 떨어질 수도 있고, 허공에 헛손질 날리는 권투 선수처럼 쓸데없이 기운만 빼서 나가떨어질지도 모른다. 그래, 그건 엄마를 배신하는 행동이다. 절벽 아래로 떨어져 죽은 토끼를 앞에 두고, 우는 엄마를 상상하니 괜히 눈물도 났다.

맞다! 언젠가 엄마에게 소원이 뭐냐고 물으니까 딸이 행복한 삶을 사는 거라고 했다. 그렇다면 내가 행복해져야 한다. 허세 부리다 떨어져 죽는 토끼 말고, 내가 가고 싶고 하고 싶은 일을 향해 뛰는 토끼가 되어야 한다. 지금 당장은 '미쳤냐! 그 과외에 어떻게 머리를 디밀었는데.' 이런 소리로 욕을 먹겠지만, 이겨내야 한다. 욕먹기를 두려워하지 말고 희수처럼 그렇게 힘을 내야 하는 거다.

집에 가려고 핸드폰을 주머니에 넣다 손에 잡힌 돌을 꺼냈다. 이름하여 나의 선택권. 단단한 나의 선택권, 그걸 쥐고 있는 한 힘을 낼 수 있을 것 같았다. 희수 말대로 같은 하늘 아래 주인공이 아닌 사람은 아무도 없으니까. 난 스스로에게 힘을 주기 위해 주문처럼 중얼거리기 시작했다.

"떡볶이도 주인공, 순대도 주인공, 도다현도 주인공."

이렇게 혼자 말하며 천천히 현관을 통과했다. 안쪽 파우더룸에서 로션을 바르던 쌤이 나를 보고 소리친다.

"뭐야, 도다현 너 벌써 문제 다 푼 거라고?"

난 고개를 숙여 인사했다. 마지막 인사가 될 테니 최대한 예의 바르게.

"시험지에 다 썼어요. 안녕히 계세요."

쌤은 못 믿겠다는 듯이 "야야, 기다려 봐" 하고 소리쳤지만, 난 그냥 나왔다.

엘리베이터에 들어가 문을 닫으려는데 뒤따라 나온 쌤이 한쪽 손으로 문을 잡고 소리쳤다.

"야, 너 도망치는 거야?"

"아니요. 전 이제 토끼지 않습니다."

그렇게 문이 닫혔다. 내 인생의 첫 번째 막이 끝나는 순간이었다. 희수가 말한 주술에 걸렸다가 풀린 기분이라는 것을 이제 조금 알 것 같다. 내 손에는 여전히 작지만 단단한 돌이 쥐어져 있다.

난 토끼지 않고 한 걸음 한 걸음 내 보폭대로 밤거리를 걸어 나온다. 아주 선명한 달이 저 위에 떠 있다. 저런 달은 난생처음 보는 기분이다.

　작가가 될 조짐이었는지, 난 어려서부터 유독 상상을 많이 했다. 지나가는 사람이나 길에 떨어진 물건을 보고 내 맘대로 스토리를 지어내거나 혹은 노래 가사나 남의 이야기를 들으면서 바로 머릿속에서 영상화를 하곤 했다.

　그렇게 오래 살다 보니 '기억의 오류'가 종종 생겼다. 실제로 있었던 일이 아닌데도 겪은 것처럼 기억하면서 리얼하게 현장을 묘사한다거나 혹은 남의 이야기를 듣기만 했는데 나도 그 자리에 있었다고 우기는 해프닝을 벌이기도 했다. 그래서 '기억의 재편집'이 필요하다는 생각과 동시에 최근엔 '그때는 맞고 지금은 틀리거나, 그때는 틀렸는데 지금은 맞는' 것들이 떠올랐다.

　물론 여러 가지 이유가 있겠지만 그중에서도 '미처 깨닫지 못한 것'이거나 혹은 '두려워서 피한 것'이 지금까지도 나에게 영

향을 미친 것이 아닐지 생각하면서 이 소설을 썼다. 시험을 본 뒤에 오답 체크를 안 하면 다음에 또 틀릴 수 있다. 싫다고 안 보고 두렵다고 피해 봤자 그 문제가 저절로 없어지지 않기 때문이다.

쌈박질이 좋은 일은 아니지만, 때론 싸울 때를 놓치고 가는 건 해로울 수 있다. 나 자신에게든 누구에게든. 지나간 모든 일은 다 자기 자신에게 흔적을 남기므로. 그리고 모든 일의 열쇠는 내 손에 있다는 걸 잊지 말자. 설령 누군가 내 손에 열쇠를 쥐여 준다 해도 내가 돌리지 않으면 아무 소용이 없다. 내가 해야 하고 나부터 뒤적거려 봐야 한다. 그런 의미에서 내 소설들의 모토는 늘 'I will'이다.

이 소설집은 『나의 스파링 파트너』『숏컷』에 이은 세 번째 단

작가의 말

편집이다. 난 단편에 특화된 작가로 기억되고 싶을 만큼, 단편이 너무 좋다. 짧고 경쾌한 가운데 마음에 조용한 파문을 일으켜 자신을 돌아보게 하는 글이기에.

　이번에도 우리에게 있을 법한 해프닝을 짧은 이야기로 재구성해 썼다. 쓰는 내내 재미있었다. 부디 독자들에게도 짧지만 긴 여운을 남기는 재미난 이야기가 되길 바란다.
　더불어 단편집 세 권과 함께해 준 최성휘 편집자께 이 글을 빌려 깊은 감사의 인사를 남긴다.

2024년 초록의 계절에
박하령

수록 작품 발표 지면

한판 붙을 결심

1판 1쇄 펴낸날 2024년 6월 20일

지은이 박하령
펴낸이 김민지

편집 최성휘, 박다예
디자인 서정민
마케팅 장동환, 김하연

펴낸곳 미래M&B
등록 1993년 1월 8일(제10-772호)
주소 04030 서울시 마포구 동교로 134 미진빌딩 2층
전화 02-562-1800(대표)
팩스 02-562-1885(대표)
전자우편 mirae@miraemnb.com
홈페이지 www.miraeinbooks.com
블로그 blog.naver.com/miraeibooks
인스타그램 @mirae_inbooks

ISBN 978-89-8394-985-1 (43810)